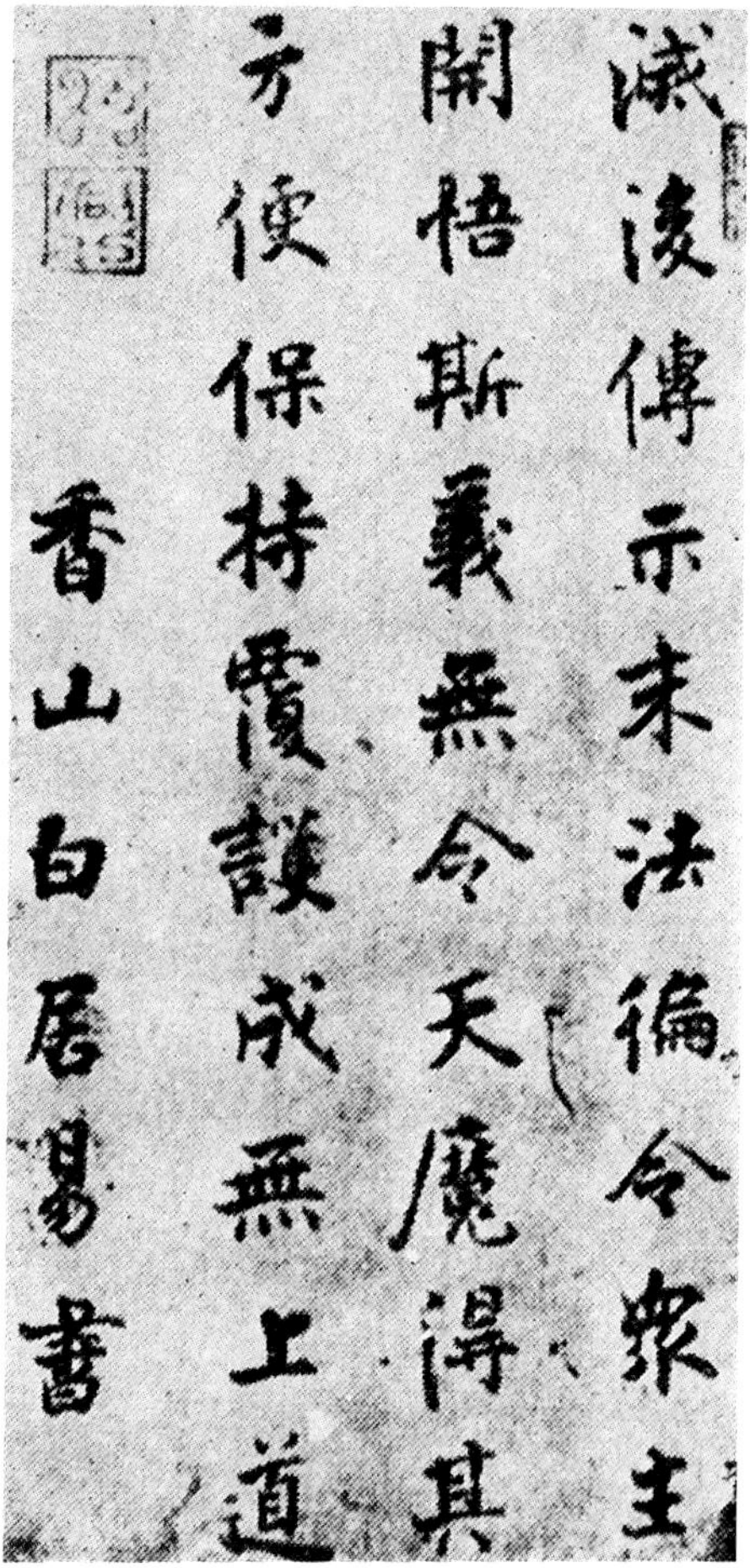
滅後傳示末法徧令衆主
開悟斯義無令天魔得其
方便保持覆護成無上道
香山白居易書

白楽天真蹟

# 白楽天

●人と思想

花房 英樹 著

87

CenturyBooks 清水書院

カバー写真
国宝　弘安七年無学祖元讃絹本着色
白楽天曳筇吟行図（伝趙子昂筆）

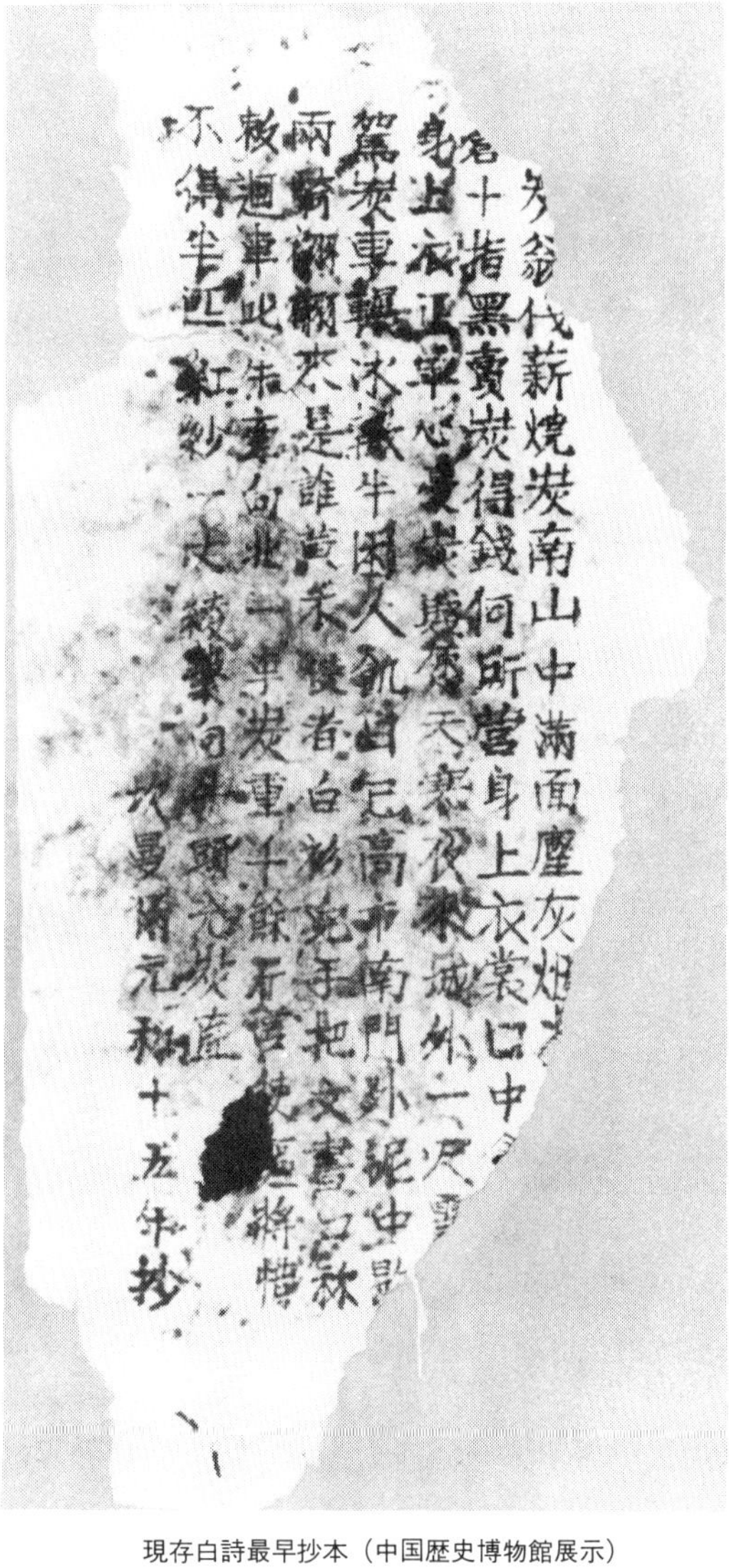

現存白詩最早抄本（中国歴史博物館展示）

(売)炭翁
伐薪焼炭南山中
満面塵灰煙(火色)
(両鬢蒼)蒼十指黒
売炭得銭何所営
身上衣裳口中食
(可憐)身上衣正単
心憂炭賎願天寒
夜来城外一尺(雪)
(暁)駕炭車輾氷轍
牛困人飢日已高
市南門外泥中歇
両騎翩翩来是誰
黄衣使者白衫児
手把文書口称勅
迴車叱牛牽向北

炭を売る翁
薪《たきぎ》を伐《き》り炭を焼く　南山の中
満面の塵灰　煙火の色
両鬢《りょうびん》蒼蒼　十指黒し
炭を売り銭を得て何の営む所ぞ
身上の衣裳　口中の食
憐む可《べ》し　身上　衣　正に単《ひとえ》なるに
心に炭の賎《やす》きを憂い天の寒きを願う
夜来　城外　一尺雪ふる
暁に炭車に駕して氷轍《ひょうてつ》を輾《きし》らしむ
牛困《つか》れ人飢えて日已《すで》に高し
市《いち》の南門の外　泥中に歇《やす》む
両騎翩翩《へんぺん》　来《きた》るは是れ誰《た》れぞ
黄衣の使者　白衫《はくさん》の児《じ》
手に文書を把《と》って口に勅と称し
車を迴らし牛を叱し牽《ひ》いて北に向かう

一車炭重千余斤
宮使駆将惜不得
半匹紅紗一丈綾
繋向牛頭充炭直

一車の炭の重さ千余斤
宮使駆《か》り将《も》って惜み得ず
半匹の紅紗《こうさ》　一丈の綾
牛頭向《に》繋《か》けて炭の直《あたい》に充《あ》つ

# 序

敦煌《とんこう》のはるか西のかた、天山山脈と崑崙《こんろん》山脈にかこまれたタクラマカン沙漠の、新疆《しんきょう》ウイグル自治区東南部に、若羌《じゃくきょう》という町がある。その近く米蘭故城の廃墟で、中世における少なからぬ遺物が出土した。その文物の中に唐代の文書もあり、詩歌の残片もあった。残片の一に「炭を売る翁」を題材とする詩篇がある。ほかならぬ楽天と字《あざな》する白居易（七七二〜八四六）の作である。末尾には、

　坎曼爾元和十五年抄。

という一行九字が見える。「坎曼爾《カマール》」はトルコ系の紇《こつ》族に属する個人の名である。「元和十五年」（八二〇）は書写の時期である。詩篇はそれが詩人によって詠ぜられてから一〇年後、中原から歌い拡がり、大沙漠のオアシスの町で、回紇《かいこつ》ともいわれる異民族の一人によって書かれていたのである。

このように白楽天の詩歌が、制作からさほど隔たらぬ時期に、異民族の間まで読み歌われたのは、ただに大沙漠の地のみではなかった。やがては大沙漠から遠く東南のかた「日南」すなわちベトナム、さらには京都長安の東北なる東海の彼方にあった「雞林」すなわち新羅《しらぎ》、はては大海の中なる「倭《わ》」と名ざされ、「日本」とも自称する国など、「文字有る国」換言すれば漢字文化圏を覆って、

白氏の歌声は響きわたっていたのである。かくて白氏の文学的知己を自認していた元稹《げんしん》をして、
　篇章自《よ》り以来、未だ是《かく》の如く流伝の広き者は有らず。
と感嘆せしめていた。このことは文学の享受が目見張るばかりに拡大していたことを意味する。それまで享受は多く創作を担う階層、あるいはそれらを遶《めぐ》る人びとの間に止まる傾向があった。その壁を突き破って、途方もなく大きな同心円を描く享受層を、白氏は成立させたのである。
　それはほかならぬ文学そのものが、多くの人びと、民族を異にし文化を別にする人びとにも受け容れられる文学質をもっていたからである。たしかにその文学は、多く題材が経験的であり、言語が日常性を帯び、構成が心理の自然に沿い、主題が普遍性をもっていた。これらの構造契機が有機的に結合し、「流麗」とか「平易」とか称せられる言語形式と、人間はいかに生きるべきか、社会はいかにあるべきかという表現内容とをもつ、個人様式をせり上げたのである。先の「売炭翁」(〇一五六)の題材についていえば、指先まで真黒に染めて身を粉にして働く老翁が、体にまとう衣服とその日その日の食物とを購うため、雪の深く積もった今日こそはと、期待に膨らんで車につみ上げた炭を、市場の前で宮中の使者という者に召し上げられ、代価として物の役にも立たぬいささかの綾絹《あやぎぬ》を投げ与えられたことを対象とする。そこには権威を笠に着る者の横暴な行動への憤りと、その横暴に為《な》すすべもなく苦しむ庶民への同情がある。人間として見過ごせぬ心情から一篇は突き上げられていたのである。まこと白楽天は唐代の文学を荷担する群像の中で、一つの著しい個性であ

った。

このような個性をせり上げたのは、内部における独自な文学観である。文学の出発に当たって、民族の長い文化の歴史を眺めわたしつつ、文学の成立や転回の様相を吟味し、近い過去の頽落を批判し、そのような頽落の萌さない遠い過去へと思いを馳せ、その精神を回復しようと志していたのである。そして当代における動向を分析しつつ、自らの立場と方法を確立すべく努力を重ねていった。かくて見定められた方向の実現を時代に負わされた責務とまで観じ、そのままに自己の責任として制作に生涯をかけたのである。このような立場と方法は、すでに一つの文学思想とでもいいうるものかも知れない。思想といえば、すでに自らの生き方を支える、人生いかに生きるべきか、社会はいかにあるべきかを問題とする体系的な思想に連動せざるを得ない。ただし白氏は資質的には文学に一生を賭けた文学的人間であった。ために思想そのものを進展させたり創造したりすることには動かれず、ただ自己の生き方や考え方に示唆を与えるものを求めていったのである。当時に体系を成していた思想といえば、儒教・道教・仏教であった。儒教はすでに『五経正義』によって経書の総合的な解釈が定着し、『孟子』の意義も認識され始め、揺がぬ体系を構成していた。道教は玄宗皇帝の『御注道徳経』を契機として、『荘子』も『南華真経』として、崇玄学で講究され、諸家の見解も出て、幽玄に組織されつつあった。仏教は旧訳《くやく》に対応して新訳もなされ、南宗禅が大きな潮流となり、知識人をも組みこみ、浄土教的な観想も拓かれて荘厳に展開していた。これら三教こそ、東方における人類の最高の知恵ともいうべきものであった。かくて白氏は、これら三教にわたって、教養や知識の段階に止めるのではなく、生き方や考え方の次元で彷徨を続けていったのである。

もともと白氏は、「人生七十古来稀なり」ともいわれていた当時に、七五歳まで生きていた。しかも自ら「五朝の臣」というように、五代の皇帝に仕えていたのである。その長い生涯に、個人的にも社会的にも、「桑田変じて海と為《な》る」ような事変に遇い、それらをくぐり抜けてきたのである。思想の遍歴も、時代の推移や境遇の変化に伴い、年齢とともに重点を転移させていった。この経過を見定めなくては、その人の内面を探り当てることはなかなかにできそうもない。ことに他に対しては特異であり、自らにおいては一貫するような独得の文学的個性を全面的に把握するためには、避けて通り得ぬ課題である。ただ、今は、文学個性や文学観は一まず横に置き、白氏の生涯の閲歴と、それに連なる思想の遍歴を辿《たど》ることとする。前者を第一章とし、後者を第二章として一書に編成したのである。唐土を越えて、東アジアに拡がる大きな影響力をもった文学的人間の内実に迫り、広く古典的知性の在り方を知るよすがともなればと考え、敢て試論を提出したのである。

# 凡例

一、『白氏文集』には数少なくない伝本があるが、唐代の体制を伝えるものとしては、わが国の那波道円の印行に係わり、『四部叢刊』にも収められている印本が優れているので、詩文ともに基本的にその印本に拠る。説は拙著『白氏文集の批判的研究』に見える。

二、ただし那波本、すなわち四部本には、本《もと》づく所の朝鮮版から自注が削去されていたので、自注はすべて南宋初年の紹興刊本に拠る。

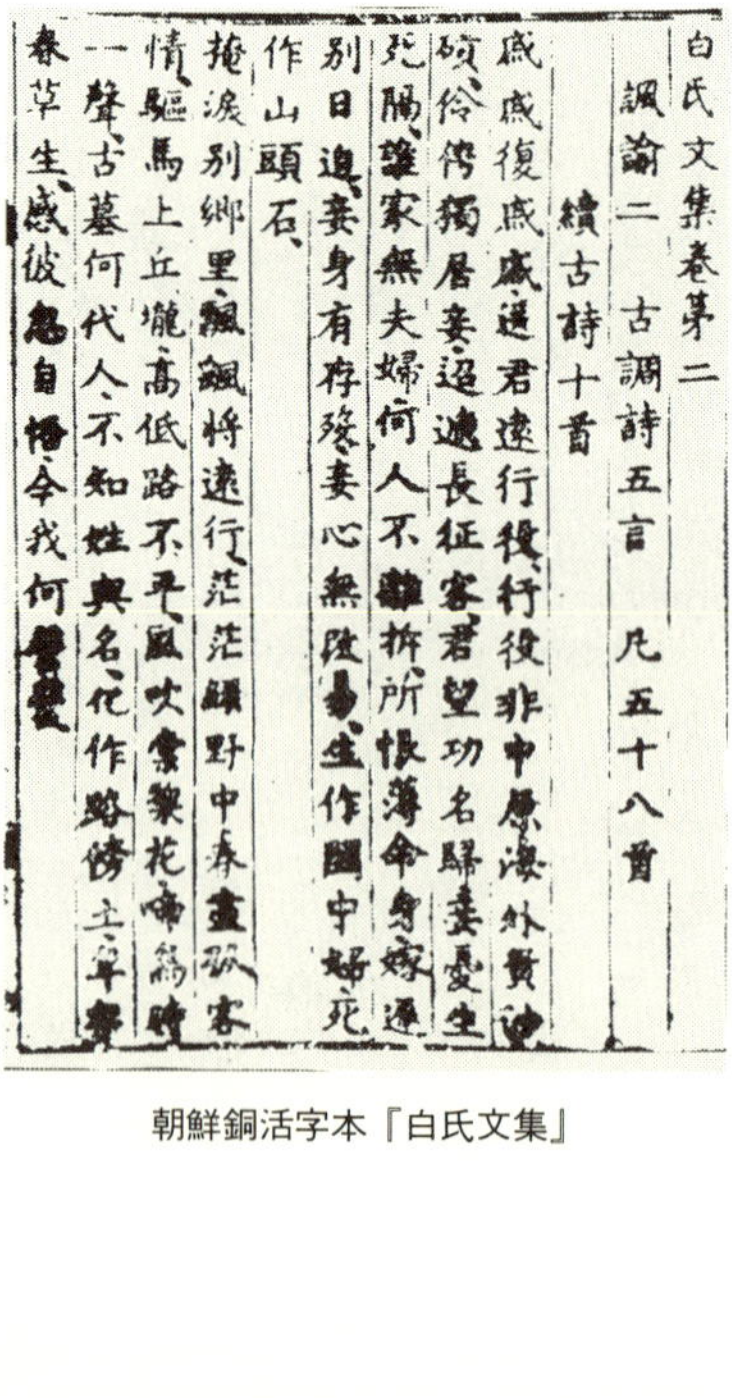

白氏文集巻第二
諷諭二　古調詩五言　凡五十八首
續古詩十首
戚戚復戚戚送君遠行役行役非中原海外黄沙
磧伶俜獨居妾迢遞長征客君望功名歸妾憂生
死隔誰家無夫婦何人不離拆所恨薄命身嫁遲
別日迫妾身有存歿妾心無改易生作閨中婦死
作山頭石
掩涙別郷里飄颻將遠行茫茫緑野中春盡孤客
情驅馬上丘隴高低路不平風吹棠梨花啼鳥時
一聲古墓何代人不知姓與名化作路傍土年年
春草生感彼忽自悟今我何營營

朝鮮銅活字本『白氏文集』

三、詩文の篇題の下に掲げた数字は、先に触れた『白氏文集の批判的研究』において設定した作品番号である。作品の数量が膨大なため、一巻の収載も多く、百篇に達するものも少なくない。ために巻次を避けたのである。ただ一括して四部本の巻次を示す附表を末尾に掲げておく。

四、白氏の生涯については、拙著『白居易研究』（再版本）に、那波本に拠ってこそ明らかとなる、従来の諸研究を訂正増補した『年譜』がある。本書の第一章はこの『年譜』により、さらに詩文の制作年次も、ほぼこの『年譜』にもとづきつつ、『白氏文集の批判的研究』で、それぞれの詩文について大まかに定めた時期による。なお年齢の表記は、生まれ年を一歳とする、いわゆる「数え年」に従う。白氏が自らしばしば用いているからである。

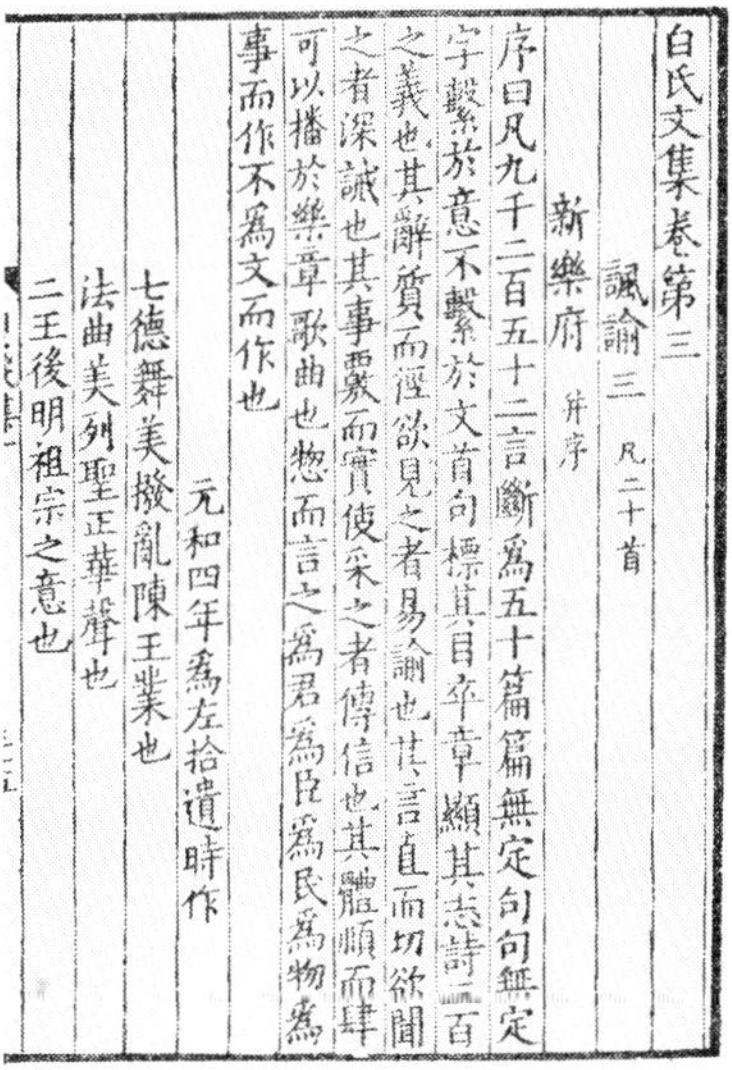
白氏文集巻第三
諷諭三　凡二十首
新樂府　幷序
序曰凡九千二百五十二言斷爲五十篇篇無定句句無定
字繫於意不繫於文首句標其目卒章顯其志詩三百
之義也其辭質而徑欲見之者易諭也其言直而切欲聞
之者深誡也其事覈而實使采之者傳信也其體順而肆
可以播於樂章歌曲也惣而言之爲君爲臣爲民爲物爲
事而作不爲文而作也
元和四年爲左拾遺時作
七德舞美撥亂陳王業也
法曲美列聖正華聲也
二王後明祖宗之意也

宋　紹興刊本『白氏文集』

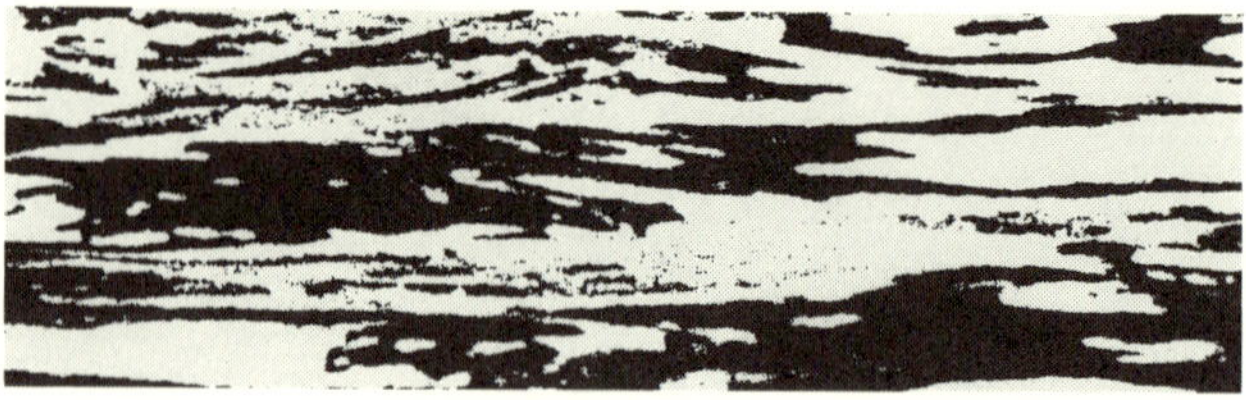

# 目次

## II

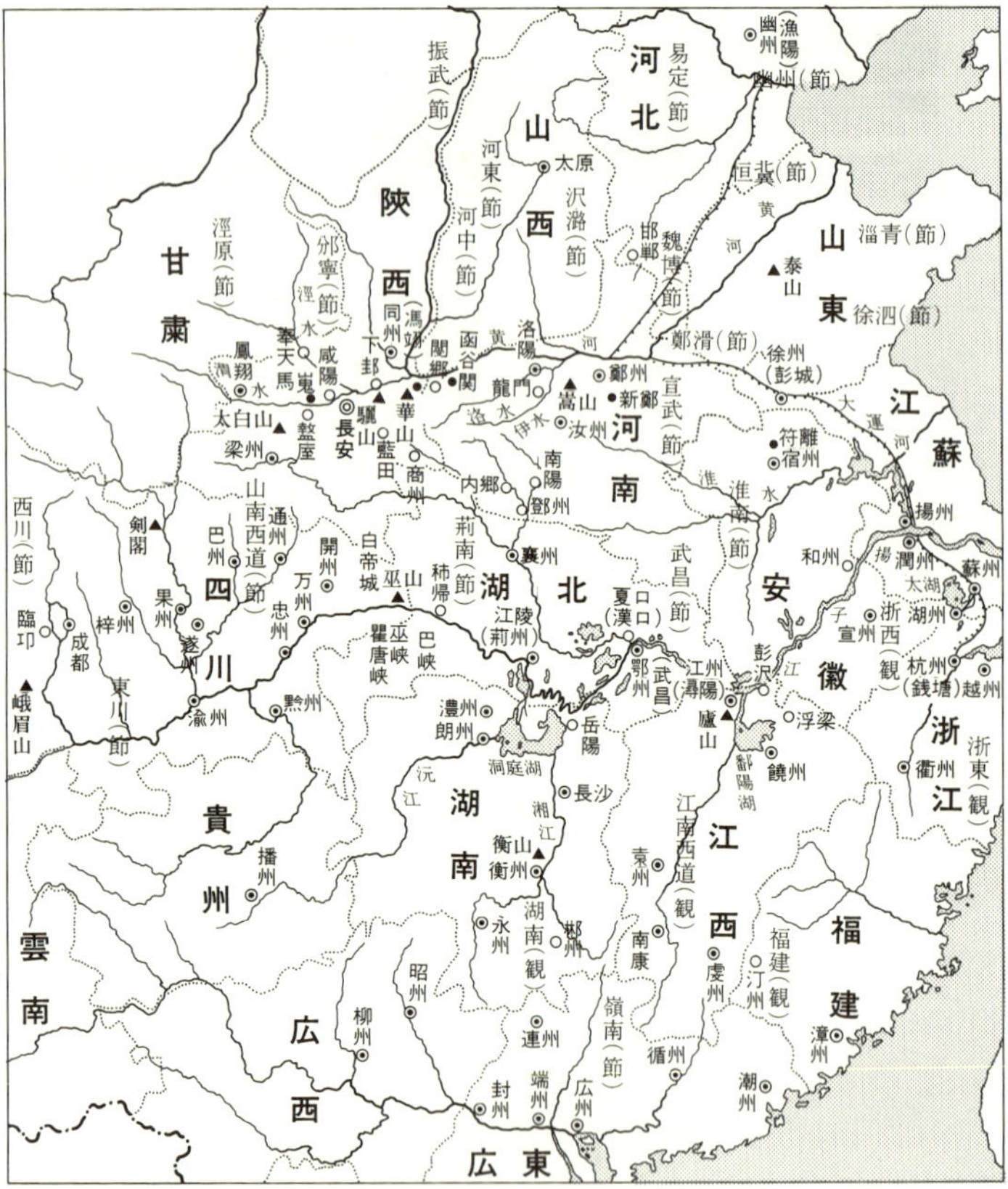

中唐略図

# I

# 官途の閲歴

# ㈠ 生誕

## 白居易生誕の時代

天宝十四載（七五五）、東北の幽州で、節度使の安禄山《あんろくさん》が唐朝に対して叛旗を翻えし、またたく間に東都の洛陽《らくよう》や西京の長安を占拠した。ために皇帝玄宗は一時期都落ちして、四川の成都に遷《うつ》らねばならなかった。かくて禄山は国号を「燕《えん》」と改め、自ら雄武皇帝と名のり、「聖武」という元号を建てた。ついで子の慶緒が父禄山を弑《しい》して自ら叛旗を新たに建てた。やがてその軍権を握った史思明が、慶緒に代わって自ら大燕皇帝と称し、「順天」と改元した。間もなく子の朝義が帝位に即き、「顕聖」と元号を改めた。天下を覆す大乱が、こうして一〇年近く続いたのである。かつて九百六万九千一百を越えた唐朝の税戸も、史朝義の末年には二百九十余万に減少していた。国勢は驚くほど衰退していたのである。

しかし事は収まらなかった。黄河東部の戦乱に顧みられなかった北西部に、異民族の大規模な侵《しん》寇《こう》が続くことになったのである。まず吐蕃《とばん》が河西一帯を占領し、時には都の長安にまで攻め入ることもあった。のみならず先の大乱の際に唐朝に力をかした回紇《かいこつ》も、王朝の衰退に乗じ、北方からしばしば畿内に進攻し、長安の西郊に至ることさえあった。このような混乱の中で、代宗の大暦三

(七六八)年になると、まずあの幽州で朱希彩と朱泚《しゅせい》が、中央の統制から離脱し、ついで近隣の節度使も朝命を拒み始め、やがてそれぞれに独立することとなり、年を経るにつれて強大になっていった。かくて建中四(七八三)年、朱泚は長安の皇宮に入り、自ら大秦皇帝と名のり、「応天」と改元するのである。時に徳宗は長安の西北の奉天へ逃れていた。この状勢に乗じて、独立していた節度使も、王号を称する者が相続いた。その一人であり、天下都元師・建興王と称していた李希烈は、興元元(七八四)年、淮南《わいなん》の地に拠って国号を「大楚《たいそ》」とし、皇帝の位に即き、「武成」と改元することを宣言した。安氏の叛乱から三〇年にわたって動乱が続き、しかもその後もすぐには収まる気配がなかった。

## 居易のおいたち

この動乱のさ中で、白居易は生まれ育ったのである。生まれたのは代宗の大暦七(七七二)年正月である。それは吐蕃の侵冦もあり、あの朱泚が幽州節度使となり、始めて一方の軍権を握った年でもあった。出生の地は、洛陽のいささか東の鄭州《ていしゅう》の、その管轄下にある新鄭県の治所であり、祖父の白鍠《はくこう》の邸であった。鍠は年一七で明経科に及第し、洛陽県の属官を経て、新鄭の西のかた、河南府に属する鞏《きょう》の県令となった。在任中、すでに「静治」の誉れを得、三期を重ねて新鄭に退居したのである。そして居易が生まれた翌年、長安で病没した。鍠の父、すなわち居易の曽祖の温が、かつて刑部で都官郎中の事を執り、長安に住んでいたことにかか

鄭州付近

わりがあろう。その温の父、すなわち居易の高祖である志善も、尚衣奉御として殿中省の尚衣局の事を掌《つかさど》っていた。郎中も奉御も五品官である。ただし志善の父の士通は、唐朝における居易の始祖であり、利州都督として三品官に昇っていた。居易によれば、遠祖は秦の始皇帝によって、太原《たいげん》に封ぜられた白起に発するという。居易が常に「太原の人」というのはこのためである。遠祖のことは別としても、唐朝における直系上位の高祖や曽祖は、みな中央官僚であった。祖父の鍠にして、明経出身の県令となったが、なお士人の身分をうけた読書人であった。ために五言詩が巧みであり、文集十巻を成していた。その風気の家で居易は生まれたのである。生後六、七か月のころ、乳母が屏風の下であやしながら、「之」と「無」との字を指さし読むのをさとく覚え、後でこの二字を問うと、口はきけぬものの指して違わなかったという。天性の聡明さを、早くも閃かしていたのである。やがて母の陳氏の昼夜をわかたぬ教導の下で、文字を識り詩文を読み始めた。そして五、六歳になると、作詩のことにも及んでいた。九歳にもなると、文献常用の文字について、その声韻を諳ずるに至った。詩文制作のための基本的知識を身につけたのである。

その年、父の白季庚《きこう》は江蘇の彭城《ほうじょう》県の令となった。西のかた宋州の司戸参軍から遷《うつ》ったのである。季庚はその父である鍠の長子として、明経科に応じ、地方官の途を辿っていたのである。ために居易とその兄弟の教育は、母陳氏に託されていた。兄に幼文があり弟に行簡がいた。後にみな文学でもって仕進することになるが、母の訓導に負うものであった。当時、季庚はことに多忙であった。もともと彭城は徐州に属していたが、その徐州は江淮地方における漕運の要地であり、埇橋《ようきょう》はその中心地であった。この地を狙ったのが、ほどなく斉王と称して中央から独立してゆく李納である。納は宋州に寇し、ついで徐州一帯を支配しようとした。納と同族である刺史の李洧《りゅう》に、唐朝に帰順する決断を促したのが、ほかならぬ季庚である。季庚の説得に応じた洧は、大兵をあげて州城を囲む納に抗し、直ちに長安へも急を報じた。やがて諸道の兵が動き、徐州も守られた。徳宗は季庚の功を讃え、特に詔書を下し、「良図を賛《たす》くる」ものとし、徐州別駕、徐泗《じょし》観察判官にあてた。期が満ちた時、前功が顧みられ、

嘗《か》つて彭城に宰たりしとき、挈《たずさ》えて国に帰せり。旧《もと》の勲《いさおし》かくの若《ごと》きも、新《いま》の寵《めぐみ》は蔑如たり。忠臣に厚うするを延《ひろ》げざるあらば、何を将《も》って義士を勧《はげ》まさん。宜《よろ》しく亜列を崇《たっと》び、再び倅方に式とすべし。

という制勅が下り、検校《けんこう》大理少卿が加えられ、別駕のままで、団練判官の事をも執ることとなった。

居易は幼いながら父のこの大義の行動を心に銘じ、誇りともした。

しかし政治の混乱は収拾されるどころか、更に拡がって朱泚や李希烈の叛乱とまでなっていった。幼い白居易は、黄河一帯にわたる難を避けて、ついに江南の地の身寄りの許にあづけられることとなった。建中三(七八二)年、一一歳のころである。やがて一四、五歳となり、蘇州や杭州《こうしゅう》に立ち寄ることがあった。時に蘇州の刺史は韋応物(七三七〜―)であり、杭州の刺史は房孺復《ぼうじゅふく》(七五六〜七九七)であった。応物は詩を嗜《たしな》み孺復は酒を嗜み、ともに知人と一たび酔えば一たび詠じ、その風流雅韻は呉地に響き渡っていた。居易は韋・房の才能に感じ、郡守の位の高さを知った。かくて人と生まれたからには、蘇・杭の刺史に登りたいものと思うに至った。そして高級官僚となる途に、進士の科のあることを教えられたのである。ために明経を避け進士を志すことになり、その勉学を始めた。そうした生活の中で、一五歳の時に制作された、「江南にて北客を送り、因《よ》りて憑《たの》みて徐州の兄弟に書を寄す」(〇六七〇)という一篇がある。中に「楚水呉山　万里の余」の句が見え、「数行の郷涙　一封の書」という句で結ばれる。そこには騒乱によって骨肉が分散せざるを得ない嘆きと、堪え難い郷愁が見える。居易はすでに伝統的な文学の習作時代に入っていたのである。そのような詩歌の一に、「古原の草」を題材とする「送別」(〇六七一)の作もある。それは、

## 進士への志

野火焼不尽　　野火　焼けども尽きず
春風吹又生　　春風　吹いて又《また》生ず

という一聯《れん》を含む五言律詩である。二句は、野焼の焰が焼き払ってもその生気は尽きず、春の風が吹くようになるとまたしても新しく芽生えてくるという。野草のたくましい生命力を詠じつつ、自らの生き方を示すようにも見える。この詩篇は、先輩である顧況（七二五？～―）をして、居易の名にひっかけつつ、「長安は米貴《たか》くして居《すま》うこと大いに易《やす》からざるも、箇《か》のごとき語を道《い》い得れば、居うことも亦《また》何ぞ難《かた》からん」とまで賞讃せしめたと伝えられている。生後六、七か月にして閃いた文字に係わる才能は、勉学の意志をふまえて、年とともに充実していくのである。

## ㈡ 科挙

### 進士への勉学にいそしむ

そのころ、あの李希烈の勢威も衰え、ついに病《やまい》に倒れ、やがて毒殺された。時勢はようやく安定の方向へと動き出し、大乱によって崩れ去った諸制度も建て直され始めた。白居易も長い江南の流寓を切り上げ、北土へ帰ることができるようになった。そしてかつて父が職を奉じ、親族もいた徐州に落ち着くことになった。やがて二〇歳になると、符離で進士の科のための本格的な準備が始められた。四歳年下の弟行簡を交え、後長く友交を続ける張徹や賈餗《かそく》とともに、「心は時に後《おく》れんことを畏《おそ》れて　同《とも》に志を励まし、身は前《さき》の事に牽《ひ》かれて　各《おの》おの名を求め」る生活が続く。当時の事を顧みつつ、「元九に与うる書」（一四八六）では、

二十已来、昼は賦を課《わり》あて、夜は書を課あて、間にまた詩を課あて、寝息に遑《いとま》あらず。口舌には瘡《かさ》を成し、手肘には胝《たこ》を成すに至る。既に壮なるも膚革《ひかく》は豊盈《ほうえい》ならず、未だ老いざるに歯髪は早くも衰白す。瞀瞀然《ぼうぼうぜん》として飛蠅垂珠の眸子《ぼうし》の中に在るが如き者、動《やや》もすれば万を以《も》って数う。

ともいう。文字通りの「苦学力文」の日びが年を重ねていった。

やがて貞元一〇（七九四）年五月、三年前に浙東《せっとう》観察使の皇甫政《こうほせい》の推挙によって、衢州《くしゅう》から襄州へ別駕として移っていた父の季庚が、にわかに官舎で没した。すでにこの地で勉学していた居易は、父のかりもがりを終えて、そのまま三年の喪に服した。喪があけた後、母や弟と共に徐州へゆき、さらに洛陽に家を移さねばならなかった。家計はいよいよ苦しくなり、饒州の浮梁県の属官になっていた兄の幼文に、衣食の援助を仰ぎ、しばしば両地の間を往き来し続けた。もともと父の世代は官職がさほど振わなかった。父の兄の季康も宣州の溧水《りっすい》県令であり、弟の季軫《きしん》も河南の許昌県令であった。しかし季軫について、

　吾が家は世よ清簡を以《も》って垂れて燕《やすき》を貽《のこ》すの訓《おし》えと為せり。叔父奉じて之れを行い、敢えて失墜せず。

というように、「清簡」こそ、白を姓とする一族の精神と自負してもいた。父もまた「潔廉」で終わったため、その死後の家族は窮せざるを得なかったのである。ために進士の科試に応ずることも、服喪のことを含めて、いささか先にずれることとなったのである。

### 科試につぎつぎと合格する

しかし居易の決意は変わることがなかった。やがて浮梁の兄の協力や、溧水の叔父の支援を受けて、宣州における刺史崔衍《さいえん》の司る郷試に望むこととなった。満を持した応試だけに、一挙に難関を突破することができた。貞元一五

（七九九）年、二八歳の時のことである。そして引き続き長安に至り、礼部の施行する省試に応ずることとなった。翌年正月、給事中の陳京に詩文一百二十首の文集を呈し、文学の評価を求め、決意のほどを訴え、礼部侍郎たる高郢《こうえい》にとりなしを願った。高郢は、門閥や朋党による推挙のことを深く憎み、それまでの風気を一変しようとして、「経芸を用《も》って進退を為《さだ》む」という明確な方針を打ち出していた。それは儒教の理念を会得し、それによって具体的な事象を判断し、その判断を文学形式に表現し得る、伝統の理解と創造的な能力によって、合否を決定することをいう。この高郢の「至公」な態度が、「仗《よ》る所は文章のみ」とする白居易には、まことに幸いであった。二月、天賦の才能にもとづく、十年の激しい努力が実を結び、提出した賦・詩・策などが認められ、数多い応試者のうち、十七人中の第四人として合格したのである。かくて二九歳の居易は、祖父と父による明経出身の白氏を、進士出身の家柄として、再び社会の上層に立つ契機を与え、自らも時代の選ばれた人となったのである。

## 元稹とともに秘書省の校書郎となる

この及第の直後、座主の高郢に捧げる一文を綴り、ついで洛陽の母の許に帰って事の次第を告げた。さらに徐州や宣州に至り、親族や知人と喜びを分かった。この間、郷試と省試とを、いずれも一たびで通過した自信と身近な人びとの期待に駆り立てられ、さらなる上級試験への志を固めた。礼部のとり行う進士の科は、官僚としての資格認定であり、中央官僚の地位を得るには吏部の詮試を経なければならなかった。その詮試には専門職的な種類があり、文学によって立とうとする者は、多く博学宏辞科を選んでいた。例えば王起がこの時に宏辞科に応じたのがそれである。起は「文を好む」という世評を負っていた者である。白居易は早くより文章によって身を立てようと考えていたが、宏辞科は選べなかった。祖父の名が鍠《こう》であり、これと音の通じる「宏」の字を含む宏辞科は避くべきものと思ったからである。選んだのは、「政刑」に関心をもつ元稹と同じ書判抜萃科であった。それは「判」を中心とする。「判」とはいわゆる行政紛争に関する判決文であり、古典的な修辞法による特殊な文体で制作されねばならなかった。かくて再び猛烈な準備が進められた。予想され得る紛争を立て、それに対する判定を特殊な文体で綴った。その数は百篇近くにも及んでいた。後にこれらは「百道判」の名で呼ばれ、模範答案として若い受験者の間で珍重されていった。内容とともに形式が充実していたからである。こうした準備の上で、貞元一八(八〇二)年冬、吏部侍郎の鄭珣瑜《ていじゅんゆ》の下で応試し、翌年の春に見事及第した。鄭珣瑜は鄭州の人であり、かつて宰相をもつとめた鄭余慶の一族で、白居易の生誕のころ、皇帝の主宰する諷諫主文科を経て、刑部関係の官職を歴任していた。しかも進士の科の主司であった高郢とともに、この年の暮れに宰相となった。翌二〇年春、居易は長安の東、渭水《いすい》の北岸の下邽《かけい》に本拠を定め、高氏と鄭氏とに深い感謝をこめて、「渭に汎《うか》ぶの賦」(一四〇九)を書いた。吏部の試における同時及第者は八人であり、抜萃科では居易と元稹と二名であった。居易は元稹とともに秘書省の校書郎を授けられた。それは大まかに言って、文献や文書の管理を担当する役職であり、直接に行政に参与するものではない。しかし将来を背負うと認められる人材に、政治的な見識を養わせるために、一定の期間自ら研修し得るよう配慮されていた。ために勤務の条件も緩やかであり、広い自由も保証されていた。居易はこの地位を喜び、元稹などとともに切磋しつつ友情を深く結んでいった。

## 皇帝による親試に及第する

その元稹の妻の韋叢と同族である韋執誼が、貞元二一年、すなわち永貞元（八〇五）年に宰相となった。居易は直ちに「宰相に上《たてまつ》る書」（一四八五）を書き、自信のある高い調子でもって、まず当代の政治批判を行った。

天下の戸口は日びに耗《すく》なく、天下の士馬は日びに滋《しげ》し。道塗市井に手を遊ばしめる者は帰るを知らず、軍籍釈流に足を托する者は反《かえ》るを知らず。計数の吏は日びに進み、聚斂《しゅうれん》の法は日びに興る。田疇《でんちゅう》は闢《ひら》かずして、而も麦禾《ばくか》の賦《みつぎ》は日びに増し、桑麻は加えずして、而も布帛《ふはく》の価は日びに賤《やす》し。吏部は則ち士人多くして官員少なく、姦濫《かんらん》日びに生じ、諸使は則ち課利少なくして羨余《せんよ》多く、侵削日びに甚し。一を挙げて十を知る、言うに勝《と》う可けんや。況んや今は方域未だ甚しくは安んぜず、辺陲《へんすい》未だ甚しくは静かならず、水旱の災い戒めず、兵戎の動くこと期無きをや。

安史の挙兵から異民族の侵冦、さらに藩鎮の騒擾など、長い戦乱の余波はなかなかに収まらなかった。建中から貞元にかけて秩序の復興がさまざまと試みられたものの、なお社会のあらゆる面に安定が導かれていないことを、強く指摘しているのである。ただ当時は政治改革の気運がようやく盛り上がってきていた。貴族的な高級官僚層に対する王叔文や王伾《おうひ》の指導の下で、若手官僚群が変革の運動を起こしていた。柳宗元や劉禹錫《りゅううしゃく》もその運動に参加していたのである。いわゆる「永貞の革新」である。そうした動向に白居易も励まされていたのであろう、憚る所のない現実批判に立って、政治・経済から社会・文化の広範な改革の方策をひそかに練り続けていたのである。その一端を韋執誼に提出したのである。

しかしその「永貞の革新」運動も、権力の濫用《らんよう》や気負い過ぎた姿勢があった。そして王叔文の辞任を契機ににわかに挫折した。ただしいささか異なる立場に在った白居易の、その政治改革への志向は変わることなく懐き続けられた。やがて自ら校書郎を退き、元稹とともに「華陽」という道観にこもり、「文を攻めて朝に矻矻《こつこつ》たり、学を講じて夜に孜孜《しし》たり」(〇六〇)という激しい努力を続け、改革の方策を練り上げていった。まことに多角的な方策であり、綴られたものは八十篇に達していた。今、文集の中で、「策林」(二〇一三～二〇九二)という総題の下に掲げられている。そのような政治的な考察は、官僚試験の最後の段階である皇帝による親試への準備でもあった。この親試は「制科」と呼ばれ、もともと「非常の才を待つ」という名目をもち、必要と判断された時に行われるものであった。憲宗皇帝は即位の翌年に実施することを宣言した。白居易はその元和元(八〇六)年、自己の政治的見識を問うべく、「才識兼ねて茂く、体用に明らかなる科」に応試することにした。すでに十分な用意を整えていたから、見事に第四次等で選に入った。制科は第一・第二を欠くのが例であった。第三次等には元稹が入った。それに次ぐ成績を収めたのである。今や白居易は、当代の高い見識と容認され、将来を荷う才能と嘱望されるに至ったのである。

## (三)　左拾遺翰林学士

**「長恨歌」を作り妻をめとる**

制科の及第から数日を経て、白居易は京兆府の盩厔《ちゅうちつ》県尉を授けられた。元稹は左拾遺である。拾遺は政治の欠落する面を取り上げ、皇帝に直奏することを職務とする、いわば近侍の臣である。盩厔県は京兆府に属し、長安の西、さほど隔たらぬ畿県に位し、尉とは秩序維持の職事である。そのうえ、間もなく、同じく等級の高い、長安の東、華清宮の西北を管轄する昭応県の事務さえ、兼摂しなくてはならなかった。京兆府に属する、長安の東西両県の職務は、かなりに忙しかった。とはいうものの、時にはのどやかな時間を過ごすこともあった。そうした時間に制作された一篇に、「長恨歌《ちょうごんか》」(〇五九六)がある。もともと盩厔では渭水を隔てた北岸に、楊貴妃《ようきひ》の墓がある馬嵬《ばかい》が見える。また昭応の南の驪山《りざん》には、玄宗が楊貴妃とともに遊んだ温泉のある華清宮がある。白居易はその職役から、常識では結びつき難い馬嵬と長安と驪山とを、一線に連ねて意識することができたのである。一日、盩厔に住む陳鴻や王質夫とともに仙遊寺に遊び、馬嵬を眺めつつ、驪山に思いを馳せ、玄宗と楊貴妃の愛について語り合った。王質夫は、

　林間煖酒焼紅葉　　林間に酒を煖めんと紅葉を焼き
　石上題詩掃緑苔　　石上に詩を題せんと緑苔を掃う

という一聯を含む詩篇(〇七一五)を贈られた人である。陳鴻は元和元年の進士であり、歴史に関心を懐き、当時、『春秋左氏伝』の研究を続けていた。そうした親しい人びととの小宴の中で語り合わされた、皇帝と貴妃との間の「希代の事」が、「詩に深く情に多い」白居易によって、「潤色」されたのである。制作を強く奨めたのが陳鴻であった。そのころ、かつて宣州の郷試で相識った楊虞卿《ようぐけい》との友交も復活していた。虞卿は進士の科を志す若者であった。居易は職務のため、上級に当たる京兆府に至る際、長安の靖恭里《せいきょうり》にある楊氏の

楊貴妃の墓

楊貴妃出湯図

宅へ立ち寄ることもあった。時に虞卿の従父妹をも識った。あるいはその若い女性に「楊」の同姓である楊貴妃の面影を追ったのかも知れない。少なくともその人は、「長恨歌」によって、居易における、夫の妻たる者への愛情を知り得たのであろう。二年を経て、居易はその人を娶《めと》り、新昌里に新居を定めることとなる。

### 翰林学士となる

「長恨歌」を詠じた翌年の秋、京兆府の試官となり、郷試において蕭澣《しょうかん》を採り上げた。澣は後年に刑部侍郎となる人材である。その試官のことを終えて、集賢院校理に転じた。それはかつて「文を好ん」だ王起のいた所でもあった。やがてこの年の暮れも近く、翰林院に召し出され、一連の制詔を試みられて、翰林院学士に命ぜられた。白居易の詩歌を悦んだ憲宗の発意によるものであった。もともと学士の起草する制詔は、そのまま皇帝の命言となるから、制詔の起草はまさしく一つの政治的行為となる。居易はここにおいて、文学によって政治に参加することとなったのである。そして数多くの王言を草した。例えば「高郢の致仕《りし》を請う第二表に答う」(一八六二)、あるいは「廻鶻《かいこつ》の可汗《かかん》に与うる書」(一九四〇)などもある。諸官の除任から外交文書まで扱っていた。ただし皇帝の命によらずして、白居易の特別な意図による、いわゆる「擬制」と見なすべき一群もひそかに綴っていた。「杜祐の致仕の制」(一七八二)もその一である。白居易は「高僕射」(〇〇三〇)で、「所以《ゆえ》に　致仕の年、著して礼経の内に在り」というように、『礼記』曲礼篇に拠って、七〇に至れば、必ず官職を君王に還さねばならぬと考えていた。かくて「秦中吟」の「不致仕」(〇〇七九)で、「冠を挂《か》けんとして　翠纓《すいえい》を顧み、車を懸けんとして　朱輪を惜しむ。金章　腰に勝《た》えざるに、傴僂《うる》して　君門に入る」と、杜佑の七〇を過ぎて、なお官職に在って出仕するのを譏諷《きふう》していた。これを文辞でもって露《あらわ》にしたのが、先の「擬制」たる杜佑の致仕を許すという制詞である。白居易は政治への期待を、擬制の形で表明していた。居易においては、文学は政治に隷属するものではなく、むしろ政治を導くものでさ

唐　高宗の乾陵（西安の西北方）

興慶公園　沈香亭

えあった。時に学士であったのは、李程・王涯・裴垍《はいき》・李《り》絳《こう》・崔群《さいぐん》・銭徽《せんき》など、当代きっての人物であり、やがてはすべて宰相となってゆく人びとである。居易はこれらの先輩に導かれ、政治の本筋を極めていった。

**左拾遺となり**
**献策を続ける**

元和三（八〇八）年の春、制科における考官の一人に命ぜられ、「賢良にして方正、直言極諫を能くする科」に、牛僧孺《ぎゅうそうじゅ》・李宗閔《りそうびん》などを選び出した。後、宰相になり、長く居易に好意をもつ者である。制科のことを終えて、白居易は翰林学士の事を執りつつ、新しく左拾遺を授けられた。時に憲宗に上表し、まず「身を粉にして」「殊《まれ》なる寵《めぐみ》に答えん」と述べ、おもむろに先の制科をめぐる人事の不当性を取り上げた。牛僧孺等の及第者が、落第した者から誹りを受け、さらには「時事を直言し」たために、宰相の李吉甫《りきちほ》の排斥を受け、ついに地方官に出された。しかもその試験にかかわりをもった人びとまで、中央から追放された。この一連の人事を不当として、皇帝に再考するよう求めたのである。提案は採用されなかったが、白居易は臆することなく、制科応試のころから練ってきた政策論に立って、具体的な施策をつぎつぎと開陳していくことになった。

## 現実的な施策と「諷諭詩」

旱害による飢饉のために、生活に苦しむ農民に対して、租税の広い減免を上申することもあり、宮中における女官や駆使の者を解放し、定員減による冗費の節約、また福建などの南方における人身売買の禁止なども建議した。あるいは閿郷《ぶんきょう》の牢獄の実情を中心に、諸州の囚人の悲惨な状況を深く憂い、減刑や恩赦のことを願い出もした。さらには高位高官の者が、皇帝に高価な贈り物をし、更なる昇進を求めることに対して、言を極めて非難した。例えば山南東道節度使の裴均《はいきん》が、銀器を進奉して、皇帝の恩寵を求めようとするのに対し、また淮南《わいなん》節度使の王鍔《おうがく》が、淮南の百姓を誅求して銭物を積み、それらを「羨余《せんよ》」と称して憲宗に進奉し、宦官《かんがん》を通じて宰相の地位を求めたことに対し、功績のないにもかかわらず、銭宝によって宰相の地位を買うものとして強く批判した。さらに神策軍の中尉であった吐突承璀《とつしょうさい》を、叛乱軍討伐の責任者に任命しようとする動きに対して、宦官を以って制将都統とする道を開くことであり、万代の笑いを招くことになると痛烈に制止することを主張した。河朔の盧従史《ろじゅうし》や王承宗が中央の命に従わなかった時、憲宗は征討の大軍を動かそうとしたが、これに対して具体的な弊害を

興慶湖

掲げ、軍事行動を速やかに罷《や》めるよう進言を重ねた。このような政治的な批判は、ただ上奏に止まっていたのではない。相似た題材をとって、しばしば詩歌に詠じた。農民の苦しみについては、すでに拾遺たる以前、盩厔の尉であったころから、「麦を刈るを観る」(〇〇〇六)など、税の重さの故に、農民の落穂を拾って命をつながねばならぬ窮状を嘆いていた。拾遺となっては、「杜陵の叟《そう》」(〇一五四)で、

典桑売地納官租　　桑を典《しちい》れし地を売りて　官租を納む
明年衣食将何如　　明年の衣食　将《は》た何如《いかん》せんとする

という徴税に苦しむ農民の生活を訴えていた。宮女の辛さを傷んでは、「上陽白髪人」(〇一三一)や「陵園妾」(〇一六一)を詠じ、南方の矮人《わいじん》を朝貢することについても、「道州の民」(〇一三九)で、深く非難していた。また宦官の横暴を憤って、「炭を売る翁」(〇一五六)を綴り、「紫閣山北の村に宿す」(〇〇二二)では、民家に乱入して徴発をほしいままにする暴力的行為を露にし、

主人慎勿語　　主人　慎んで語る勿《なか》れ

中尉正承恩　中尉　正に恩を承く

と、神策軍の統領たる「中尉」にまで批判を及ぼしていた。さらには地方の権力者が「羨余」を搾り出すために、過大な税負担を農民に強いる実情を、「重き賦《みつぎ》」(〇〇七六)で歌い上げていた。閿郷の牢獄では、「中に凍死の囚有る」にもかかわらず、「秋官」や「廷尉」の刑政を掌る高官が、知らぬ顔して日中から夜半まで宴楽に耽るのを、「歌舞」(〇〇八三)できびしく批判していた。「軽肥」(〇〇八一)を書いては、「内臣」や「大夫」の高位の者が、水陸の珍味に舌鼓を打っているのに対して、江南では飢饉のため、「人が人を食」わねばならぬ極限状態に陥っていることを述べていた。このような現実批判に支えられた白居易の政治的行為は、時に憲宗の意に逆らうこともあり、さらには「不遜《ふそん》」な「小臣」として怒りを買うことさえあった。しかし居易は政治をより良くしようとするひたむきな心情から、左拾遺の義務をつきつめて行った。やがて元和五(八一〇)年の春、監察御史であった元稹が、河南の尹《いん》の房式の不法を糾弾した。その処置について行き過ぎを疑われ、長安に召還されることになった。途上、宿舎のことについて宦官の劉士元と紛争を起こし、ついに軽がるしく権威を振い、憲官

華清宮

大　雁　塔

の体面を汚したという理由の下に、江陵の士曹参軍に貶謫《へんたく》されることとなった。白居易はしばしば元稹を擁護したが、ついに憲宗に無視された。憲宗は中尉たる吐突承璀などの宦官の支持や房式を含む高級官僚層の協力を必要としたからである。白居易は常に憲宗の政治姿勢を正そうと努力し、時には皇帝から忌避されるほど高級官僚を批判したり、宦官の横暴にも抵抗したが、皇帝を中心とする宮廷内部の権力の自己防衛の壁にはばまれ、なかなかに変革が困難なことを思い知らされた。時に左拾遺の任期も満ちた。憲宗から希望があれば申し出るよう沙汰され、病身の母への孝養のためと、俸禄の加増を乞い、左拾遺から京兆府の判司に改められんことを願い出た。願いは容れられ、夏に戸曹参軍事に充てられた。ただし憲宗の命により、翰林学士の職には留まっていた。

## 母の逝去と娘の夭折

その元和六(八一一)年四月、母が急逝した。もともと母は病みがちであった。父の季庚の没後、生計に苦しんだ母は疾病に悩まされることが多かった。

居易が官途に就いてからは、いささか生活が楽になったとはいうものの、一たび身内深く入った病はなかなかに去らなかったのである。京兆府の判司を求める「奏して情を陳《の》ぶる状」(一九七一)にも、「臣の母は多疾にして、臣の家は素貧なり」と記し、戸曹参軍事を授けられた時の「官を謝する状」(一九七二)でも、「養には甘馨《かんけい》の費を欠き、病には薬石の資に乏し」と述べていた。その母の病と死について、唐末の高彦休《こうげんきゅう》(八七四〜—)は、『闕史《けっし》』でいう。「公の母には心疾あり」、「公と弟、安居するを獲《え》ざ」るに至り、時には母が「狂を発す」ることさえあった。

　後、偏く医薬を訪《たず》ぬ。あるいは発しあるいは瘳《い》ゆ。常に二壮婢に恃《たの》み、厚く衣食を給し、これを扶《たす》け衛《まも》らしむ。一旦やや怠りしとき、坎井《かんせい》に斃《たお》れぬ。

重なる伝聞の記録ではあるが、これに似た事実はあり得ることであった。ともあれ常ならぬ母の死に遇い、白居易の心痛はただならぬものであった。即日すべての官職を辞し、母の喪に服するため、下邽に退居することとなった。このような大事に心を奪われていたせいか、三歳になったばかりの娘の金鑾《きんらん》が発病し、間もなく夭死した。居易の心痛はさらに加わった。「病中に金鑾を哭す」(〇七七六)では、

　慈涙随声迸　　慈涙　声に随いて迸《ほとばし》り
　悲腸遇物牽　　悲腸　物に遇いて牽《ひ》かる

と悲痛な思いを詠じ、幼い娘の死を慟哭《どうこく》している。最も親しい者の、相重なる死に会い、居易は

かつて世を去っていった身内の上に思いを致し、祖父母から父の柩をも下邽に遷した。さらに早く逝った弟の幼美をも、父母の傍に帰葬した。このような葬祭の重なる間に、居易は人間の死について考え続けざるを得なかった。あたりを顧みれば、まこと人びとがつぎつぎと去ってゆく。しかも人間には死を避ける道はない。人間の命の短さをいいつつ、「此れを念えば　忽ちに内熱し、坐《みす》看《みす》　白頭に成る」(〇二二三)と嘆き、自らの老と死に向き合うこともあったのである。かくて儒教では尋ね得られぬ大きな問題を、老荘を中心とする道教や解脱を説く仏教に対して投げかけてゆく。そして「悟真寺に遊ぶ」(〇二六四)では、「身には居士の衣を着《つ》け、手には南華の篇を把り、終《つい》には此の山に来り住《とど》まり、永く区中の縁を謝せん」とも歌うことになる。ただし生活の上では、小村の環境になじみ、素朴な風習を喜び、多少の土地を小作の人たちと耕し、静かな日びを送っていった。

その間に、陶潜の文学に親しみ、自らもそのような制作をし、時あっては都にいる友人たちと便りを交していた。それらの便りをよすがに、政治のことを思い起こすこともないではなかった。将来に希望をかけていた薛存誠《せつそんせい》の逝去を聞いては、世の光を失ったように嘆き、農民が目前で重税に苦しむのに深く同情することもあった。やがて服喪の期を終えたものの、かつて政治や社会を鋭く批判したためか、先輩たちの配慮にもかかわらず、長安に復帰することはなかなかにかなわなかった。それからほど経て、中央において宦官と好《よしみ》を通じ、高級官僚層の支持を受けて、大きな政治的影響力を行使し、しかも、居易が制科で及第せしめた牛僧孺・李宗閔などを、皇帝に泣訴して斥《しりぞ》け、さらには居易が尊敬していた裴垍や李絳などと対立を続けていた李吉甫が没した。政情の変化が始まり、居易の召還もさほど遠くないような状況となってきた。

# ㈣　江州左遷

## 宰相武元衡暗殺事件

元和九(八一四)年の冬、ようやく白居易は長安に召還され、太子左賛善大夫を授けられた。太子は憲宗の嫡子の恒《こう》であり、その近侍の臣となったのである。居易はまず長く別れていた知人たちとの友情を回復しようとしていた。かつて江陵に左遷されていた元稹も呼び戻されることとなった。時の宰相が、才能がありながら左遷されていた人びとを惜しみ、ことごとく都へ召すことにしたからである。王叔文のことに坐して、十年も司馬のまま移されなかった、柳宗元や劉禹錫も含まれていた。しかしなお旧事を想い起こす者がいて、翌(八一五)年三月、柳・劉両氏とも遠地の刺史に出された。元稹も白居易との再会を喜んではいたが、長安に留まることを許されず、同じ月の末、再び西のかた四川の通州に司馬のまま追われた。元稹への憤りはなお解けていなかったのである。ただし白居易も今の身分では、嘆願はもとより抗議もできなかった。職責上、政治にかかわることは避けねばならぬ立場にあったからである。
　それから間もなく六月に入るとすぐ、長安中を震撼させる大事件が勃発した。宰相の武元衡が暗殺されたのである。元衡は藩鎮の横暴に対する強硬派の首領であり、藩鎮から好ましくない人物と名ざされていた。かくて淮西で事を起こしていた呉元済と、ひそかに通じていた淄青《しせい》の李師道が刺客を放っていたのである。その刺客に三日の未明、出仕の途上で襲われたのである。街路には血潮が飛び髪毛が散り、頭骨まで持ち去られていた。まこと無残な最期であった。しかも元衡のみならず、御史中丞の裴度も相ついで馬上に襲われ、頭を傷つけられ溝に落とされた。ただ辛うじて命はとりとめた。捕賊の者も賊の勢いを恐れてなかなかに出動しなかった。白居易は大きな衝撃を受けた。もともと居易は武氏一族の中に知人もいた。しかしそのような個人的な感情を越えて、私的な利益を守るために、王朝の宰相を抹殺しようとすることなど、全く許し難いことと考えられた。倫理と秩序との崩壊を導く未曾有の事変に、止むにやまれぬ憤激を覚え、能う限り早く賊を捕うべきことを、直ちに皇帝に上奏した。人びとが狼狽しているさ中のことである。

　ただし上奏のことが知れ渡ると、にわかに朝臣の間で非難が起こった。
「楊虞卿に与うる書」(一四八三)にいう。

### 居易の上奏への非難

時事の大小と、僕の言の当否とを酌《はか》らずして、皆《みな》曰わく、「丞郎・給舎、諫官・御史、なお論請せず。しかるに賛善大夫、何ぞ反って国を憂うるの甚しきや」と。

越権の行為として非難されたのである。このような非難には、白居易は堪えられもする。確かな信念があったからである。しかし事は非難で止まらなくなる。かつて居易に批判された人びとが、憎悪と危惧を醒らせてきたからである。

我れに同ぜざる者は、得てもって訐れりとなす。媒糵《ばいげつ》の辞、一たび発す。また安くんぞ君臣の道間《へだ》たりて自らその心を明白にすべけんや。加うるに兵を外に握る者は、僕が潔慎にして賂《わいろ》を受けざるをもって憎み、権を内に秉《と》る者は、僕が介独にして己に付かざるをもって忌む。その余の付麗する者は、僕が独り異なるを悪《にく》み、また狺狺《ぎんぎん》たる吠声《はいせい》を信じ、ただ中傷の獲ざらんことを恐る。

「狺狺たる吠声」は『楚辞』九弁篇の「猛犬狺狺として迎え吠《ほ》ゆ」を踏む語で、番犬がうさん臭げに吠える声の意。これらの人びとは、いわば執行猶予の形式で召還したのが、早計であったと考え直したのである。かくてさまざまな名目を求めて、再び中央からの追放へ動き出したのである。まず取り上げられたのが、「居易の言は浮華にして行無き」ことであった。「言の浮華」は、かつて漢の司馬相如に加えられた非難であり、ために相如は「用に周《あまね》からず」と論断されていた。このことは白居易もなお無視できる。無視できないのは「行無き」ことである。それは『礼記』雑記下篇に「其の言有りて其の行無きは、君子之《こ》れを恥ず」と明記されるように、「君子」の資質にかかわることだからであり、士人として存在にさえかかわることだからである。かくて七月に入って作られた「張十八に寄す」(〇二七二)で、

経旬不出門　旬を経て門を出でず
竟日不下堂　日を竟《お》えて堂より下らず

というように、「病」を口実にして蟄居《ちっきょ》し、苦悶の日びを送らざるを得なかった。

## 人倫を犯すと断じられて

しかし事はさらに深刻となっていった。唐朝の『実録』による『冊府元亀』罪譴《ざいけん》篇には、『旧唐書《くとうじょ》』本伝とほぼ同じく、

白居易、太子左賛善大夫たり。これより先、居易の母、花を看るにより井に堕ちて死す。時に居易は「賞花」また「新井」の詩を作る。名教の士、議せり。

と記録されている。「言は浮華にして行無き」ことが、「名教」にかかわることとなってきたのである。「名教」とは儒教の核心たる人倫の教えをさす。その人倫の点から論議されるようになったのである。ただし先に言及した高彦休の『闕史』によれば、

楽天は情に長ず、一春として詠花の什《じゅう》なきはなし。また『新井』の篇を験するに、是れ盩厔に尉たりし時の作。官を隔つこと三政にして、時を同じうせず。

となる。母の死に先んずる、遠い過去の詩篇が呼び出され、口実とされるに至ったという。ただ

し「名教」にかかわることとなっては、もはや事実の誤認と抗議すべくもない。すべてその方向で、事は処せられてゆく。『冊府元亀』は先の文に続けていう。

或るひと、その事をもって上言す。よりて宰臣に命じ、居易に遠州の刺史を与う。

当初の問題であった越権のことは忘れ去られ、「名教」上の罪として量《はか》られたのである。ただし一たび「名教を傷《そこ》なう」と断ぜられては、「彼の周行に寘《お》くべからず」という意見も出てくる。かくて、

中書舎人の王涯上言すらく、居易の坐する所の事跡、郡を理《おさ》めしむべからず、と。すなわち江州の司馬を授く。

こととなった。六月の初旬に始まって、八月の中旬まで、さまざまと論議が重ねられた結果である。当時において、人倫を犯すという大罪を背負わされては、全く為すすべもない。胸をかきむしられる苦しみを懐きながら、江州司馬の命を受け、即時に宮中を退出し、翌日に、妻をも伴い得ないまま、身一つで都城を出発した。見送ったのは楊虞卿だけであった。その虞卿も、馬を駆って後を追い、長安の東のかた滻水《さんすい》の畔で、辛うじて間に合い、手を握り合うだけの慌ただしい別れであった。

左遷の報は飛び、通州の元稹のもとへも至った。

垂死病中驚起坐　　垂死の病中　驚きて起坐すれば
闇風吹面入寒窓　　闇風　面を吹いて　寒窓に入る

武昌　黄鶴楼（再建）

と、稹を驚き悲しませた。

## 閑職の中で

二か月を費やし、武昌の黄鶴楼を経て十月になって任地に到着した。その江州は、地の果てでもあるような土地であった。風土は北方とは全く異なり、気候も長安とは違っていた。人びとの習俗も見慣れぬものであり、言葉も鳥の喋《しゃべ》りにしか聞こえなかった。これまでとは次元を異にする世界へ投げ出されたのである。しかも司馬という官職は、当時にあっては、職事がなくて名のみの地位であり、貶謫の人を暫定的に処遇するものでしかなかった。ために白居易も、「江州司馬庁記」（一四七二）で、「州民康《やす》きも、司馬の功に非ず。郡政壊《くず》るるも、司馬の罪に非ず」といい、「兼《ひろ》く済《すく》うに急なる者、之《こ》れに居れば一日と雖も楽しまず。独り善くするに安んずる者は、之れに処れば終身と雖も悶え無し」という。まさしく

「吏隠」のための地位であった。居易はこのなじみない環境と為すこともない閑職の中で、いよいよ内部へ向かわざるを得なかった。それはこれまでの四十年を越える人生の処し方の吟味であり、その間に精魂を傾けた文学の基盤への省察である。ただし人生と文学とは二つのものではなく、一人の人間に統合されていた。その人格の核心に据えられていたのが、ほかならぬ儒教的な信念である。そうした自覚から、自己の半生の自叙伝を綴った。「元九に与うる書」(一四八六)である。そこにはまず、文化の頂点に立つ『六経』が掲げられる。それは儒教における最も基本的な典籍をさす。その『六経』によって人間の行為は律せらるべきものであり、士人として「人の病《たみ》を救済し、時の欠《か》くるを裨《ひ》補《ほ》し」ようとしてきたことをいう。それとともに、文学もまた人間行為の一として、『六経』に則るべきものであり、『六経』の『詩』の「六義《りくぎ》」を実現する詩歌に専念してきたことをいう。「六義」とは、『詩経』における詩歌の原理をさす。居易の人生や文学は、実はともに儒教の精神によって支えられていたのである。ただしこの「元九に与うる書」の冒頭には、「今、罪を潯《じん》陽《よう》に俟《ま》つ」と見える。「潯陽」は江州の旧名である。一たび江州司馬に左遷されながらも、さらなる罪の降るのを待つという意である。その罪の名は、「名教を傷なう」ことであった。居易は儒教的な信条に生きてきたにもかかわらず、その儒教倫理の中核たる親への道を失った、との名目で今は追放されているのである。名教に生きつつ、名教の罪びととなった居易の苦悩は深い。思想の陥《かん》穽《せい》にはまったからである。しかし生きてゆくうえは、この地獄から這い上がらねばならなかった。

琵琶引図（江蘇人民出版社版）

## 廬山の草堂に住んで

そのころ、歌い上げられたものの一に「琵琶引」(〇六〇三)がある。これは洗練された「京都の声《ひびき》」に触発された、自らの幻想を綴ることから始まる。音楽を言語に翻訳しようとしたのである。ついで弾奏する女性の、都を落ちて「江湖の間」にさまようわびしさを歌い、ついに「天涯に淪落し」ている自己の嘆きを詠ずる。一篇は琵琶の調べに「幽愁」を響かせてゆく奏者の、「漂淪」の「涙」を背景に、詩人自らの運命への「歎息」に焦点を結ぶ。流麗な音律の中に、「遷謫の意《おも》い」が見事にせり上げられている。まさしく「琵琶引」は、『詩経』の「六義」を原理とする詩歌とは、異質のものとなっていた。文学の変容が始まったのである。それは同時に、人生への対処の仕方に変化が起こったことを想定させずにはいない。その変化を導いたものが、老荘の思想や仏教である。元稹への「書」の冒頭に、「盥櫛《かんしつ》食寝の外余事無し」という生活の中で、かつて渭村《いそん》退居のころ、「村居」(〇七八五)で「唯看《ただ》る　老子五千字」と言っていた『老子』や、「悟真寺に遊ぶ」(〇二六四)で、「手に南華の篇を把《と》る」と言っていた『荘子』が、再び想い起こされてくる。やがて「早春」(〇二八八)では「老荘の巻を開かずんば、何人と与《とも》に言わんと欲する」といわざるを得ないようになってくる。それとともに、「李道士の山居を尋ぬ」(〇九五二)、「王道士の薬堂を尋ぬ」(〇九五五)、「郭道士を尋ぬ」(一〇一九)などに見える、多くの道士と交わってゆく。その「郭道士」、すなわち「郭虚舟」から『参同契』という、仙薬の錬丹に関する一書を贈られて、その事を自ら試みたが、ついに成らずに終わった。以後、不老長寿のことは意の外に出してゆく。そのころ「蟠木謡《はんぼくよう》」(一四二八)が詠ぜられていた。『荘子』逍遥遊篇に見える不材の大木に、自己を擬《たと》えているのである。それは自らを慰めるよりは、むしろ自己の性理を伸ばす生き方を志向しようと、自らに言い聞かせているように見える。もともと江州は廬山を中心として薬用となる「雲母」が多く産し、ために道術の士が少なからず住みついていた。それらの人びとと老荘の思想について語り続けていたのである。

廬山瀑布

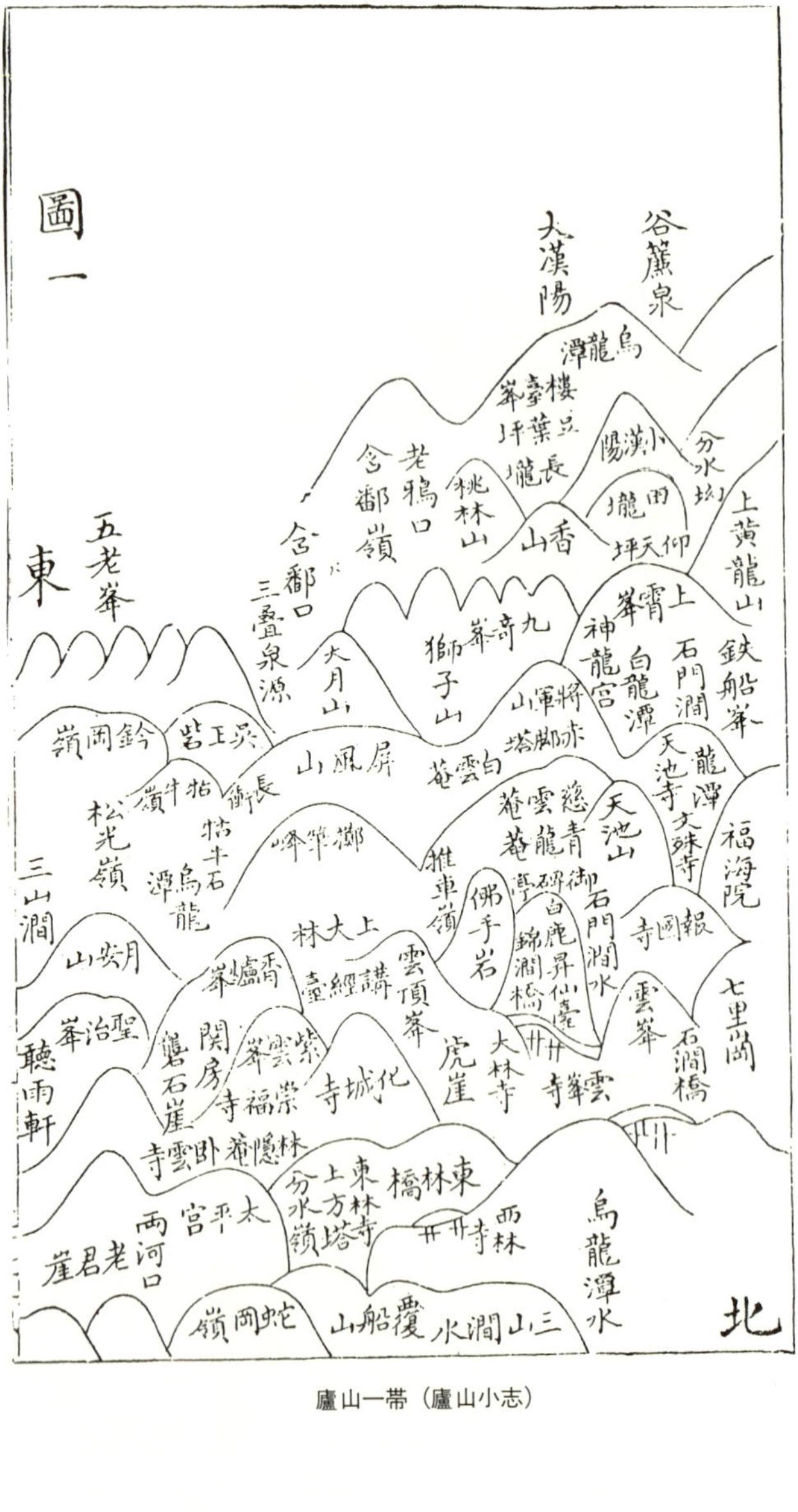
圖一
東
北
五老峯
谷簾泉
大漢陽
烏龍潭
樓臺峯
豆葉坪
長龍壠
小漢陽
分水坳
田龍壠
仰天坪
上黃龍山
含鄱嶺
老鴉口
桃林山
香山
含鄱口
三疊泉源
大月山
九奇峯
獅子山
上霄峯
神龍宮
白龍潭
石門澗
鉄船峯
將軍山
赤腳塔
白雲菴
吳王岩
鈴岡嶺
屏風山
長衝
牯牛嶺
松光嶺
牯牛石
烏龍潭
天池寺
龍潭
文殊寺
福海院
慈雲菴
青龍菴
天池山
御碑亭
推車嶺
佛手岩
白鹿昇仙臺
錦澗橋
石門澗水
報國寺
三山澗
月安山
上大林
香爐峯
講經臺
雲頂峯
雲峯
石澗橋
聖治峯
聽雨軒
閔房
石崖
紫雲峯
崇福寺
化城寺
虎崖
大林寺
雲峯寺
林隱菴
臥雲寺
東林橋
東林寺
上方塔
分水嶺
太平宮
西林寺
烏龍潭水
兩河口
老君崖
蛇岡嶺
覆船山
三山澗水

廬山一帯（廬山小志）

その廬山には景勝の所に東林・西林の二寺があり、晋《しん》の高僧であった慧遠の法燈が受け継がれていた。白居易はその地の景勝や仏寺に惹《ひ》かれてしばしば訪れ、ついに草堂を置いた。「微之に与うる書」(一四八九)には、四周の風物について、

西林寺塔

僕、去年の秋、始めて廬山に遊び、東西二林の間、香爐峯の下に至る。雲水泉石、勝絶第一なるを見、愛して捨《お》く能わず。因りて草堂を置く。前に喬松十数株、脩竹《しゅうちく》千余竿《かん》有り。青蘿《せいら》は墻垣《しょうえん》と為り、白石は橋道と為る。流水、舎下を周《めぐ》り、飛泉、簷《えん》間に落つ。紅榴《こうりゅう》白蓮、池《ち》砌《せい》に羅《つら》なり生う。

と見える。草堂は遺愛寺と介峯寺との間に築かれた。その作りは「草堂記」(一四七二)に詳しいが、「香爐峯の下に新に山居を卜《ぼく》す。草堂初めて成る」の第一(〇九七五)でも、

五架三間新草堂　　五架三間の新草堂
石堦松柱竹編墻　　石堦《せきかい》松柱　竹編《あ》める墻《かき》

という。まこと俗を越えたたたずまいであった。その中で、

遺愛寺鐘欹枕聞　　遺愛寺の鐘は枕を欹《そばだ》てて聞き

香爐峯雪撥簾看　香爐峯の雪は簾《すだれ》を撥《かか》げて看《み》る

の一聯を含む第四(〇九七七)を詠じていた。居易は余裕があればここで生活するようになった。そして両林寺を訪ね、そこに属する僧侶たちと語り合い、仏教に救いを求めていった。

廬山山頭

**左遷から中央へ召還される**

やがて宰相となっていた崔群の援助によって、忠州刺史を授けられることとなった。元和一三(八一八)年の十二月のことである。四年を江州で過ごして、白居易はすでに四七歳となっていた。憲宗に対する「忠州刺史謝上表」(二〇〇三)で、「秩を官寮に移すに及び、卑冗疏賤《そせん》にして、周《あまね》く慎しむ能わず、自ら悔尤《かいゆう》を取れり」と述べ、江州左遷のことをすでに客観視し得るようになっていた。この忠州への途上、元稹とも遇然にめぐり会うこととなった。稹も通州司馬として四年を送り、長安の東のかた虢州《かくしゅう》の長史に転ずる旅であった。この奇しき邂逅《かいこう》には、すでに江州でともに暮らしていた弟の行簡も加わり、居易の心をはずませるものとなった。かくてその地を「三遊洞」と名づけた。ようやく外に目を向けるようになったのである。忠州では、珍しい茘枝《れいし》や木蓮樹に目を見張り、その図を描かせて、文章や詩歌《しいか》を書いた。それらは都にまで伝えられ、好事の者の間で評判ともなった。所は蜀《しょく》の山城のこととて、刺史の職事も穏やかであり、暇を見ては、州城の「東坡《とうは》」にさまざまな花樹を植えた。時には山下の大江を眺めて過ごすこともあった。

閉閣只聴朝暮鼓　閣を閉じて只《ただ》聴く　朝暮の鼓

黄牛壁

三遊洞図

長江中流

上楼空望往来船　楼に上りて空しく望む　往来の船

とも、「春江」（一一五九）で詠じた。そのころ、「淄《し》青《せい》を平らぐるを賀《ことほ》ぐ表」（二〇〇四）を書いた。「淄青」とは、その地方を支配していた李師道をさす。師道こそ、白居易の今に続く遷謫を引き出した原因でもあった。その師道が没し、一帯が中央に帰順したのである。居易は身心の軽くなるのを覚えた。時に憲宗が崩じた。その実情は宦官の陳弘志が殺害したといわれる。居易は「李相公に酬《むく》い奉る」（一一六四）で、「涕涙襟に満つ　君怪しむ莫《なか》れ、甘泉侍従　最も時多ければなり」と、その死を深く痛んだ。この憲宗の後をついで、かつて太子賛善大夫として仕えた、その太子の恒が即位した。夏に入ると、まだ任期をかなり残して、早くも中央へ召還されることとなった。白居易は左遷の経歴を一応清算し得る機会に恵まれたのである。

# (五)　高級官僚

## 一

### 五〇歳　正五品官となる

長安に至ると、直ちに刑部に属する司門の員外郎を授けられた。刑部はかつて「判」に応試したことにかかわりがあろう。員外は定員内にある。外任から中央に召すのに、都合のよい名目がとられたのである。十二月になると、吏部のとり行う「判」の試に適当な考官を欠くために、重考官に充てられた。事が終わると数日を経て、礼部の主客郎中に移され、知制誥《ちせいこう》の職を執ることとなった。かつて制科の門生であった牛僧孺《ぎゅうそうじゅ》に代ったのである。その文学によって、すでに礼部の祠部郎中として知制誥の職にあった元稹が、白居易への制詞を書いた。

朕、嘗《かつ》て其の詞賦を見て甚だ喜び、相如と処を並《おな》じくし時を一《ひと》しうするごとし。

という文字も見える。「相如」とは司馬相如を指し、「言」の「浮華」を難ぜられながらも、漢の武帝に仕えた、一代の文人であった。居易は再び文学を認められたのである。ただし「浮華」とも考

忠県付近

えられた一の擬制は作らず、ひたすらに制誥という政治的な文学を充実していった。後にこの当時を顧みて、「余思未だ尽きず、加えて六韻を為《つく》る」（二三一九）で、「制は長慶従《よ》り辞　高古」と詠ずるように、俗体を変じて「高古」な文格の制作へ努力していた。やがて元稹が中書舎人に除せられる制詞（一五七七）を書き、

能く繁詞を芟《す》て弊句を剗《けず》り、吾が文章言語をして、三代と風を同じうせしむ。之《こ》れを引いて綸綍《りんふつ》を成し、之れを垂れて典訓と為す。

とも述べるが、自らも「三代と風を同じくする」典雅な文辞を創造しようと試みていたのである。時に稹を始め、王起や李宗閔など才能ある人びとも制誥を掌っていた。起はかつて吏部の試における同年及第者であり、宗閔は僧孺とともに制科における門生であった。これらの人びとを含め、元宗簡や張籍など旧知とも、友交を回復することができた。「長慶」と改元されると（八二一年）、居易は新昌里に宅を購った。まもなく朝散大夫を加えられて緋袍《ひほう》を著《つ》けることとなり、上柱国に転じた。つい

で中書舎人を正授された。制誥を掌る専官であり、「文士の極任」たる職である。齢は五〇、正五品官であった。妻の楊氏も弘農県君に封ぜられていた。その昔、婚を結んだころ、居易は「内《ない》に贈る」(〇〇三二)を綴り、「君が家に貽《のこ》れる訓《おし》え有り、清白 子孫に遺《のこ》せり」と述べていた。その「君が家」は、「四知」のことで、廉潔の名の高い、後漢の楊震から出る。楊震は弘農《こうのう》の人であった。妻はその弘農の地の県君となったのである。また弟の行簡も、かつて居易が就いていた左拾遺を授けられた。さらに曽祖弟の敏中も進士の科に及第した。「敏中の及第を喜ぶ」(一二六〇)を詠じ、

桂折一枝先許我　　桂 一枝を折り 先《ま》ず我に許し
楊穿三葉尽驚人　　楊 三葉を穿《うが》ち 尽く人を驚かす

と喜んだ。自らが開いた道を、弟や曽祖弟が続き得た満足を歌っている。

## 穆宗に仕えて

その間、居易の気を重くする事件もあった。かつて翰林学士のときに同職であった、礼部侍郎の銭徽が主宰した進士の試験について、情実による合格者が含まれるという非難の声が上がり、その当否をめぐって高級官僚群が二分した。西川節度使の段文昌を中心として、李吉甫の子の徳裕が、かつて「新題楽府《がふ》」を提唱した李紳、さらには元稹をも組みこんで、批判の側に立った。それらに対立したのが、李宗閔、鄭珣瑜の子の覃《たん》、武元衡事件にかかわり合った裴度、居易の姻戚にあたる楊汝士《ようじょし》である。段文昌・李紳、また李宗閔・裴度・楊汝士に、そ

れぞれ関係ある応試者があり、文昌と紳との関係者が落第したことから起こったのである。ここに穆宗《ぼくそう》は、白居易と王起とに命じて覆試させた。居易は二派のいずれにも知人がいたが、公平に事を扱うべく努力した。そしてその結果は広く承認された。かくて一件は落着するように見えた。しかし銭徽や李宗閔、さらに楊汝士まで遠地に貶謫されることとなった。この終結は李徳裕派と李宗閔派との距離を大きくし、二李の官僚集団として、それぞれ朋党を結んで永く軋轢《あつれき》を続け、ついには激しい権力闘争に展開してゆく端緒となったのである。事の重要さをすでに予見していた白居易は、中立を保ったものの、醜い内情を知悉《ちしつ》するだけに、独り心を痛めねばならなかった。心を痛ませたのはこれだけではなかった。覆試のことからほど経て、元稹が工部侍郎を授けられ、同平章事として宰相となった。その目覚ましい昇進について、宦官と結んで先輩の裴度を退け、穆宗の親任をかち得たからだ、という非難が行われた。その間の事情を知りながら、居易はなお稹を支持しなければならなかった。宮廷における権力者間の闘争に、次第に傷ついてゆくのである。それとともに穆宗への信頼も薄らいでいった。もともと穆宗は宴楽に耽り畋猟《でんりょう》を好んでいた。中央へ召された当初、居易は「続『虞人箴《ぐじんしん》』」（一四二七）を上《たてまつ》り、畋猟のことを諫めた。「虞人の箴《いましめ》」とは、周の武王の時、園囿《えんゆう》を守る吏が狩猟の度の過ぎることを諫めた文である。『春秋左氏伝』に見える。それに「続」くものとした居易の上奏も、穆宗には全く顧みられなかった。ついで穆宗の華清宮行幸の発議に対して、居易は多くの供奉官とともに諫奏したが、これもまた容れられなかった。さらに東北一帯における離叛に関して、大軍の動員をおさえ、軍費食糧を節約するよう訴えたが、これも全く無視された。穆宗にも望みを失ってきたのである。居易は権力の裏側を見てしまったのである。その前後、知友の李建が卒し、元宗簡も次いで逝き、さらには親友の崔詔も世を去った。心を許せる数少なくなった友人をも、つぎつぎと失ったのである。

白居易はこれ以上、都に留まっている気になれず、元稹が裴度と仲をこじらせ、同州刺史に出るのを機に、外任を求めることに意を決した。「衰病にして趣無し。因りて所懐を吟ず」(〇五七六)でも、「問わず　人間の事」といい、「弥《いよいよ》近侍に居るを慚《は》じ」「終《つい》に当に一郡を求むべし」と詠じていた。

## 二

### 杭州の民のために

長慶二(八二二)年七月、白居易は杭州刺史に除せられた。杭州は余杭郡ともいわれた、江南の「名郡」である。しかも一四、五歳の時、蘇州とともにこの地方を訪れたことがあった。時に「異日、蘇・杭、苟しくも一郡を獲ば足らん」と、口にしていた。その少年の夢が実現したのである。そのうえ「馬上の作」(〇三四七)で洩らすように、「高きには罾繳《そうしゃく》の憂い有り、下《ひく》きには陥穽の虞《おそ》れ有り」という「朝士の籍」を脱することができたのである。「罾繳」は鳥を捕る道具、「陥穽」は獣を取る仕掛け。ともに人を落とし入れるものに喩える。外官となって、そのようなものに対する配慮しなくてすむというのである。居易は解放感にひたり

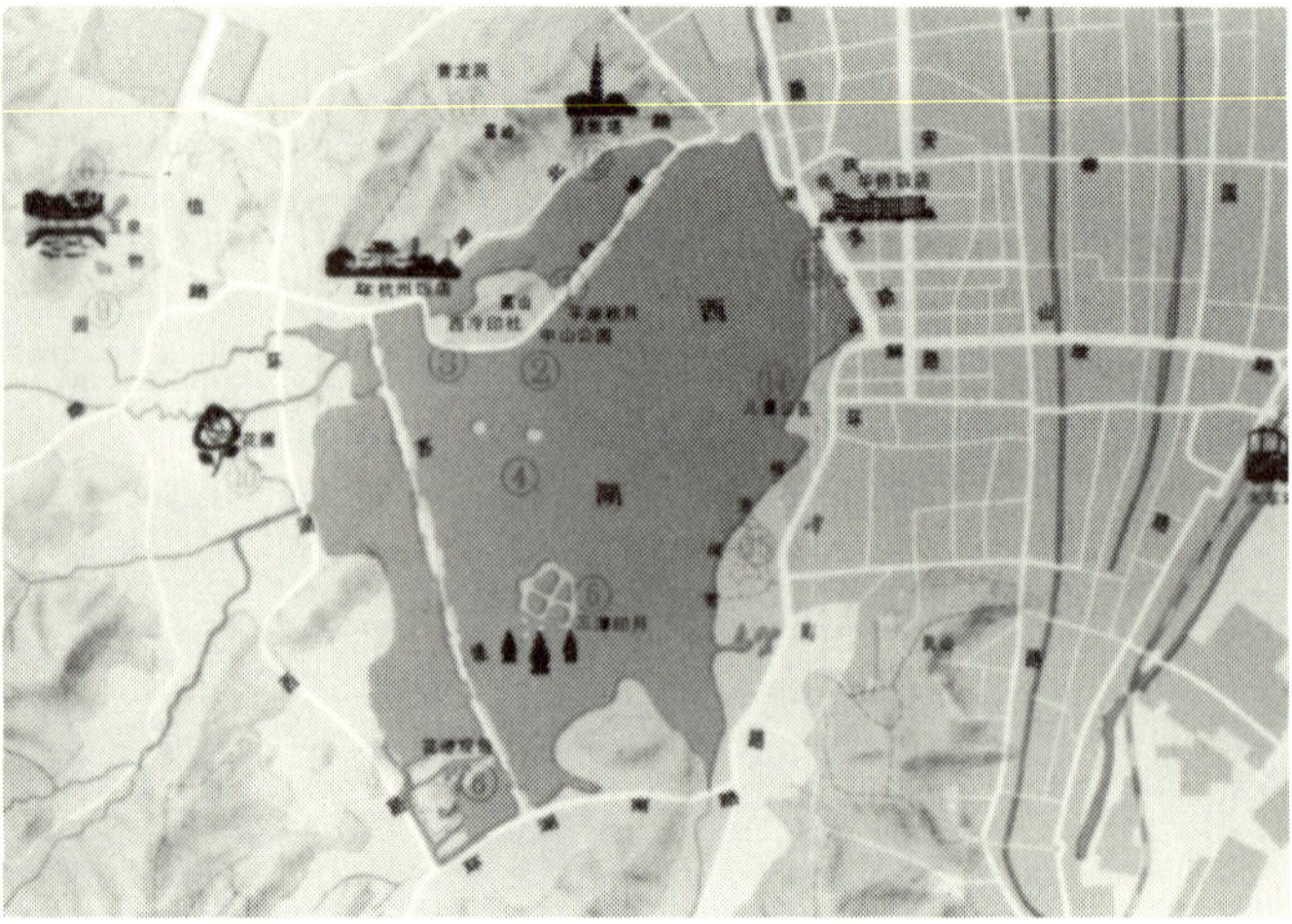

杭州市地図（浙江人民出版社版）

つつ赴任した。その旅の途次、司馬として四年を過ごした江州に立ち寄り、遺愛寺の傍の草堂をも訪ね、かつての日びを想い起こしつつ一宿した。杭州に着いたのは十月である。直ちに「謝して上《たてまつ》る表」（二〇〇六）をしたため、「下は凋瘵《ちょうさい》を蘇らし、上は憂勤に副《そ》わん」と誓った。「凋瘵」は疲れきった民、「憂勤」は皇帝のいとおしみ事。その生気に乏しい民に恵んだのは、耕田への灌漑である。着任して始めて迎える夏に旱天《かんてん》が続き、農民の苦辛を目にしたからである。ために西湖、すなわち銭塘《せんとう》湖についてさまざまに調査し、「春、雨多く、夏秋、旱《ひでり》多き」ことから、湖堤を修築して数尺高めることにした。周廻三十里といわれる湖水に施す工事は、かなりの大事業であった。しかしこれによって、年ごとの旱害の虞《おそ》れを絶ち、さらには灌漑面積を驚くほど拡げることができたのである。ついで南北に大水門を、各方面に小水門を設け、放水路たる官河を整備した。また給水についての手続きも定め、申請した即日にも効果が挙がるような方法を講じた。さらに湖水の放水で足らぬ場合には、東北にある臨平山の下の、いわゆる鼎湖《ていこ》の水を、官河に添注する工事もした。もとよりこのような一連の措置を実現するためには、多くの困難があった。中でも、放水すれば魚類の棲息に障《さわ》りがあるとか、茭菱《こうりょう》の利が失われるとか、郭中の井水が枯れるとか、疑義や異論が続出することには、居易も手を焼いた。しかしそれらすべてを、理を以って説得したのである。ただし郭中の井水が枯れるという意見については、湖と井とを結ぶ、地下の泉脈を辿《たど》り、それらをことごとく浚《さら》え直すことによって、実害の起こり得ぬことを証し立て、さらには水質を一層清甜《せいてん》にもした。この事業について、『新唐書』は、「田に漑《そそ》ぐこと千頃《せんけい》」といい、「民、その汲みみずに頼る」とも讃えている。居易自らも、後に「州民に別る」(二三五三)の一篇を作り、中で

税重多貧戸　　税重くして　貧戸多し
農飢足旱田　　農飢えて　旱田足る
唯留一湖水　　唯《ただ》一湖の水を留め
与汝救凶年　　汝が与《ため》に凶年を救う

といい、その初めの「凋瘵を蘇らす」という、その誓いを果たした満足をも含めている。さらに宋初の王讜《おうとう》は、『唐語林』文学篇で、

公、杭を罷《や》めしとき、俸、多く官庫に留む。継ぎて守る者、公用足らざれば、則ち仮りて復《また》塡《うず》む。是の如き者《こと》五十余年なり。

と記している。どれほどの真実を含むものか定かではないが、それに似たことはあったであろう。とすれば州民のためのみならず、後の官僚にも配慮していたこととなる。白居易は州政にかなり熱意をもち、成果を挙げていたのである。

## 『白氏長慶集』五〇巻を成す

そのような州政への努力があったからこそ、また生活を享受することもできたのである。もともと西湖や銭塘江畔は景勝の地であった。四季折りおりに馬を駆り舟を浮かべて風光を楽しみ、数少なくない詩歌や文辞を綴った。中に、

風吹古木晴天雨　風は古木を吹き　晴天の雨
月照平沙夏夜霜　月は平沙を照らし　夏夜の霜

を含む「江楼夕望」(二三七四)もある。そのころ元稹が同州から越州へ移ってきた。越州は杭州の南隣に当たるので、途上、白居易を訪れた。共に中央から離れた解放感から、本来の文学的友交を回復することができた。やがて互いに郵吏に「詩筒」をことづけ、贈答唱和を重ねていった。居易は文学に遊んでいたのである。年が改まると、吏部の試における同年及第者であり、それ以来も深く交わっていた崔元亮が、杭州の北隣である湖州の刺史として赴任してきた。元白の唱和に崔氏が

加わり、三州の唱和は詩篇を積んでいった。居易にとっては楽しい時間であった。ただ時には健康の崩れることもないではなかった。とくに若いころの勉学による視力障害の再発には苦しんだ。しかし首長としての意識と文学への志向によって、五三歳の身心を支えていたのである。ようやく任期が満ち、杭州を去ることとなった。いささか前に、越州の元稹は自らの詩文を編集して、『元氏長慶集』を成していた。「長慶」という元号を加えたのは、稹にとって官僚として記念すべき一時期であったからである。白居易もその文集に促され、時に応じてまとめていた詩文を、ここで総括して五〇巻として、元稹に託すことにした。稹は居易の文学的知己と自認しており、さらに自己の文学と居易のそれとが、深いかかわりをもつことを意識していた。ために居易の文集に尊敬の念をこめて序文を作り、『白氏長慶集』と命名した。居易はその文集を前にして、満ち足りた思いを懐くとともに、文学への志向をいよいよ深めていった。

西湖白堤

## 朋党のはざまのなかで

長慶四（八二四）年の夏、白居易は太子左庶子を授けられた。庶子は太子の侍従であり、正四品官である。時に穆宗はすでに崩じ、敬宗が即位していた。その敬宗はまだ年若く、太子は僅か一歳であった。白居易の希望を知り、中書侍郎で宰相となっていた牛僧孺の配慮によるものであろう。まことに白居易としては、政治的な権力とかかわりのない地位を求めていたのである。それは権力の紛争にある批判をもっていたからであった。まさしく、居易が杭州に出た後、高級官僚の分裂は、いよいよ深くなっていたのである。二年前、元稹と裴度とが相位を退いてからは、そのような事態を策謀していた兵部尚書の李逢吉が、宰相として権力を握っていた。そのころ李徳裕と牛僧孺とが、ともに相位を望んでおり、徳裕はしばしば李紳としめし合わせ、僧孺を沮《はば》んでいた。しかし僧孺が穆宗の信頼を得て相位につき、徳裕は浙西《せっせい》観察使を命ぜられるに至った。この措置について徳裕は、逢吉が宦官と組んで己れを出《い》だしたものと考えた。事実宦官は早くから権力へ介入していた。かつて憲宗は、宦官の陳弘志によって弑逆されたとも噂されていた。ついで穆宗の疾が篤《あつ》くなると、宦官は郭太后《かくたいこう》に朝に臨み勅命を発することを請うていた。ただ太后は、則天武后の場合を顧み、宦官の上申書を手に取り、自ら破いたので、敬宗の即位となったのである。宦官は自らの集団を有利に導くために、皇帝の廃立まで立ち入るようになっていた。宰相を始めとする高級官僚の人事に影響を及ぼすことも、勿論少なくなかった。すでに逢吉は宦官を通じて、早くより敬宗を支持していた旨を密奏させ、その信任を厚くしていた。ためにその派閥に属する者は、かつての李宗閔の徒を入れ、いわゆる「八関十六子」として、官界に巾をきかせるほどであった。李徳裕は、牛僧孺の宰相就任に関して、自己を含めた李紳や元稹などの外官への転出が、すべて李逢吉とその一派の画策による結果であるとし、その逢吉の行為を支えたのが、ともに組んでいた宦官の王守澄であると考えたのである。かくて李徳裕を中核とする一派と、李逢吉・牛僧孺を中心とする一派との間に、埋め難い不信感が生じた。かつての李徳裕と李宗閔の朋党による軋轢《あつれき》に続いて、新しい派閥による高級官僚間の権力闘争に拡がることとなる。両派の中に知人をもち、その内情を知り、やがてはさらに激化することを予想した白居易は、権力に係《かかわ》りない地位を求めたのである。杭州から洛陽に至って、ついに左庶子も、東都における分司に充てられるよう、更《あらた》めて牛僧孺に求めることにした。僧孺もすでに敬宗に対して望みを失いかけていたから、居易の願いが叶えられるように扱った。長慶初年に、ともに進士の覆考官であり、東郡留守となる王起の協力もあったのであろう。白居易は妻の遠い縁族であった楊憑《ようひょう》の故宅を購い、履道里に生活の本拠を定めた。それは「池上篇の序」（二九二八）に、

地は方十七畝、屋室は三の一、水は五の一、竹は九の一。

という、いわゆる黄金分割による好ましいものであった。そこに杭州から携えた天竺石《てんじく》と華亭の鶴二羽を置き、安定した分司の生活が始められたのである。

## 五五歳　蘇州刺史となる

しかしこの生活も長くは続かなかった。翌宝暦元（八二五）年三月、にわかに蘇州刺史に命ぜられたからである。その制詞には、「袴襦《こじゅ》の楽

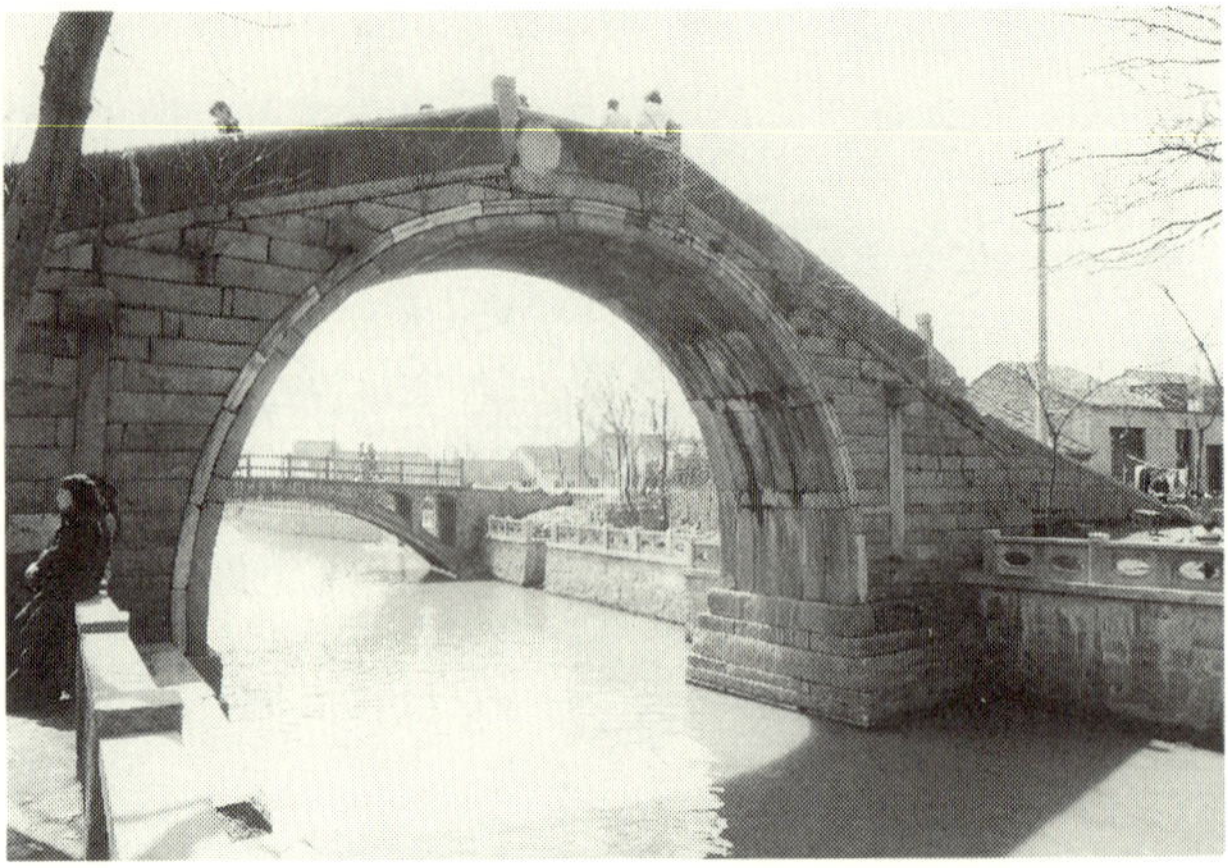

蘇　州

あり」という語が見える。それは後漢の廉范《れんはん》が蜀郡の太《たい》守《しゅ》となった時、仁政によって民の暮らしを向上させたことを讃えた歌についていう。杭州における行政に効果が上がり、庶民が謳歌したことを指すのである。宰相の李程の推薦である。李程はかつて翰林学士当時の同職であり、江州から忠州への移動に、崔群に協力していた。その程の推薦ともなれば、無下に辞することもできなかった。しかも少年のとき、杭州とともに一度はその刺史たることを夢みたこともあった。ただし杭州よりも「繁雄」である蘇州は、今の居易にとっては重荷に感ぜられた。惑いを残しつつ、洛陽の春を惜しんで赴任して行った。蘇州に到ると「蘇州刺史、謝して上る表」(二九一九)を綴りつつ、

当今の国用、多く江南に出ず。江南の諸州、蘇こそ最も大となす。兵数は少なからず、税額は至って多し。

と今更のように覚え、公務に忙殺されなければならなかった。ただし秋ともなれば、伝統的な「洞庭貢橘」のことをよすがに、太湖の明媚な風光と清澄な水波に遊び、感興をゆさぶられて多くの詩歌を詠じた。その感興はやがて画舫《がぼう》を作り、城内の水路の遊覧を促した。「正月三日閑行」(二四五四)で、

　緑浪東西南北水　　緑浪　東西南北の水
　紅欄三百九十橋　　紅欄　三百九十の橋

という、蘇州の独得な風景に興じていた。しかし年が改まったその二月、馬より落ちて足を傷つけ、三旬も臥《ふ》し続けた。時に杭州で病んだ眼の故障がまた起こった。顧みると五五歳であった。同輩を見渡すと、樊宗師《はんぞうし》・李景倹・呉舟・韋顗《いぎ》など、相次いで没してゆく。任期ははるかに満たぬものの、生理的な障害を契機に、この任を辞することにした。「自詠」(二三二二)では、

　迎送賓客懶　　賓客を迎送すること懶《もの》うく
　鞭笞黎庶難　　黎庶《れいしょ》を鞭笞《べんち》すること難《なや》めり

と洩らす。「大郡」たる蘇州には「賓客」も多い。さらに北の潤州には、あの李徳裕が浙西観察使として、蘇州を含む諸州を「観察」していた。杭州の時もそうではあったが、ここは杭州よりも格が上であり、しかも潤州により近い。居易としては礼を尽くさねばならぬこともあった。また着任の際の「謝上表」で、「人は徒《いたずら》に庶《おお》きもいまだ富まず」と述べていた「黎庶」を、「兵数」と「税

額」とのために「鞭笞」、すなわちむち打ち続けなければならない。居易の心は重かった。かくて辞任を前提とする「百日の假《いとま》」を請うたのである。時に「宝暦二年八月三十日夜の夢の後の作」（三五〇七）を綴った。中に、

莫忘全呉館中夢　忘るる莫れ　全呉館中の夢
嶺南泥雨歩行時　嶺南の泥雨　歩行する時

という。嶺南に左遷せられ、泥雨の中を歩行している夢をみたのである。居易はもはや辞任の意志を翻すことはなかった。蘇州を立って揚州に至り、かつて詩歌を贈答し、近ごろ蘇州にも近い和州の刺史であった劉禹錫《りゅううしゃく》と合流し、北上の旅を共にすることとなった。各地の遊覧を重ねながら、年を越えて洛陽の履道の宅に帰りついた。

## 三

### 秘書監となり、「三教講論」を司会する

その洛陽への旅の途上、長安においては、宦官とともに撃毬《げききゅう》や手搏《しゅはく》の遊戯に耽っていた敬宗が、身近な宦官に害された。翰林学士の韋処厚の支持によって、穆宗《ぼくそう》の第二子であった文宗が即位した。文宗は穆宗・敬宗の二朝における風気を一新しようと考えていた。韋処厚は白居易の同年制科及第者であり、長く交わり信頼を寄せていた知己であった。やがてその韋処厚が、裴度とともに宰相となり、文宗

の意図を承《う》け、人望のある人びとを中央に召還した。憲宗の時、翰林学士の同職であった崔群・李絳・銭徽なども、すでに文宗の政治を補佐していた。時代はようやく希望がもてるようになったのである。時に白居易も秘書監に命ぜられた。大和元（八二七）年三月のことである。居易は旧知に会える喜びに惹《ひ》かれて任に就いた。それは居易が官途に入った当初に、校書郎として仕えた秘書省の長官であり、紫衣を着用する三品官である。「初めて秘監を授けられる」（二五二七）で、

紫袍新秘監　紫袍《しほう》の新秘監
白首旧書生　白首の旧書生

ともいう。二句には長い人生の感慨がこめられている。そうした年（八二七）の十月、文宗の降誕日に当たり、麟徳殿において「三教講論」が催されることとなった。「三教」とは儒教・道教・仏教である。その初めは、徳宗の貞元年間に、沙門と道士とを麟徳殿に会し、それぞれの立場から講論せしめたが、やがて儒士をも加えて三教の講論としたのである。そのような講論が、いま文宗の下でとり行われることとなり、儒士の代表として参加することは、かなりの名誉である。白居易はいまその人として選ばれ、しかも司会をも命ぜられたのである。恐らく儒教はもとより、道教や仏教にも、深い理解をもつ者と認められたからであろう。もともと白居易は早くから、「老荘」を核とする道教や禅宗を中心として仏教に惹かれていた。下邽退居のころにも、すでに言及した「悟真寺に遊ぶ」に、「居士の衣」や「南華の篇」という語が見えていた。「居士」とは在家の仏教信者をさ

し、「南華」とは『荘子』の書をいう。この仏教や道教への関心は、江州左遷の時代にはいよいよ深まった。その後も、常に僧侶や道士と広く交わり続けた。道仏の理論は、長くしかも豊かに積まれていたのである。ここに人選について、道教側からも仏教側からも異を唱えることはなかったのである。仏教を代表するのは、安国寺の長老たる義林であり、道教の代表には太清宮の道士たる楊弘元が選ばれた。安国寺も太清宮も、王室の尊崇を受ける第一級の寺観である。白居易は「学は浅く才は微なり」と述べつつも、「先王の典籍を稽《かんが》え」て、義林と弘元との「問」「難」に対《こた》え、さらには僧道に向かって「問」「難」を発した。そして司会者として「途を殊にするも而も帰を同じくする者」という結論に導いていった。その大略を居易自ら記録したのが「三教論衡」(二九二〇)である。この一事について、『旧唐書』は、

居易、論難鋒のごとく起こり、辞弁は泉のごとく注ぐ。上、宿構かと疑い、深く嗟《たた》えてこれを挹《く》む。

と記録している。白居易は当代における豊かな学識として認められていたのである。

**刑部侍郎をやめて洛陽に「長帰」する**

翌大和二(八二八)年二月、刑部侍郎に転じ、食邑三百戸の晋陽県男に封ぜられた。晋陽は古の唐国であり、漢の晋陽県であり、唐の高祖が義旗を挙げた地であり、しかも白居易の祖貫の太原でもある。今、祖貫の地に

「男」爵となったのである。刑部は刑法や徒隷のことを掌る。かつて書判抜萃料に登り、元和の末には司門員外郎として、ここに属していた。侍郎は、その司門などの部局の職務を総《す》べる刑部の次官である。「『除夜の作』に和す」(二二六一)でいうように、「大夫の車に乗り」、「十郎官を統べ」、「四曹局を掌り」、「三尺の書を按ずる」地位である。皇帝の政治や尚書省の人事とかかわることなしにはすまされない。心重いものもあるが、若いころに懐いた一つの理想を、現実に試みる機会とも思えた。あの「策林」の「刑法の弊を論ず」(二〇七三)では、「法吏」のあり方を究明していた。また「獄を止め刑を措《お》く」(二〇七二)ことを論じたこともある。そこでは「囹圄《れいご》の空虚」なることを理念とし、唐初貞観時代の「一歳の断刑、三十に満たざる」ことを理想としていた。また拾遺の時代にも、「閿郷《ぶんきょう》県の禁囚」(一九六三)について上奏し、「冤滞《えんたい》なからしむる」よう進言していた。さらに「秦中吟」の「歌舞」(〇〇八三)では、「豈に知らんや閿郷の獄、中に凍死の囚あることを」と、「廷尉」や「秋官」をきびしく批判していた。今、どれほどの事ができるかどうかは別として、少なくとも「凍死の囚」を無くする努力を決意したのである。「『自ら勧む』に和す」(二二六六)でも、

勤操丹筆念黄沙　　勤めて丹筆を操《と》り　黄沙を念い
莫使飢寒囚滞獄　　飢寒の囚をして　獄に滞らしむる莫《なか》れ

と述べていた。

このような繁多な職務の中で、心慰めるのは旧知との文交であった。若いころから文学をもって交わり、今は国子司業となっている張籍とも旧交を暖め、先年、長い旅を共にした劉禹錫とも、詩文の贈答を重ね、その人柄に敬意を懐く宰相の裴度に、厚い友情も結んだ、もとより元稹との唱和も続き、『元白唱和集』に『因継集』の二巻も添え、すべて一千首を遠く越え十六巻とした。居易はこのような新しい詩集について、「古従《よ》り未だ聞かず」と自負し、「所謂《いわゆる》天下の英雄は、唯《ただ》使君と操とのみ」といい、大きな満足を感じていた。加えて自らの『白氏長慶集』五十巻にも、さらに五巻の『白氏後集』を重ね、総名を『白氏文集』とした。五七年にわたる文学活動に一つの区切りをつけることができたのである。さらには二年前に逝った、弟の膳部郎中行簡の詩文を整理し、『白郎中集二十巻』も成し終えた。行簡は居易が蘇州刺史を辞任して、洛陽への旅路にあった時、にわかに逝去したのである。幼くして共に苦労し、励まし合った仲であった。その詩文を読み返していると、兄弟四人の中、とり残されている孤独感がこみ上げるのを止めることができなかった。「弟を祭る文」(二九三二)を霊前に捧げつつ、居易は「殆んど生意なく」、官情をすべて打ち棄てた。思えば宰相の韋処厚も数日前に病み、今は亡い。かつて長慶の初め、ともに中書舎人であった時、ともに仏道の「八戒」を受け、「十斎」を持した仲であった。ために会えば仏乗を語り、菩提を誓い合っていた。今さらのように「浮世は是れ幻」という感慨が、身に迫ってくる。はや白居易を長安に留めるものはなかった。しかも宰相の裴度と吏部侍郎の李宗閔との間が、次第に険しくなってきた。この年の制科における賢良方正科に、劉蕡《りゅうふん》が提出した宦官の横暴に対する激しい批判は、「漢魏以来、与《とも》に比を為すもの無し」とも言われた。しかし宦官を憚って、ついに採り上げられなかった。その宦官と宗閔は好《よしみ》を通じていたのである。やがては宦官をも加えた権力の争いが起こって来るであろうと、居易はひそかに危惧《きぐ》を懐かざるを得なかった。かくて「戊申の歳暮、懐いを詠ずる」(二七二五)で、

人間禍福愚難料　　人間の禍福　愚にして料《はか》り難し
世上風波老不禁　　世上の風波　老いて禁《た》えず
万一差池似前事　　万一差池《しち》すること前事似ば
又応追悔不抽簪　　又応《まさ》に簪《しん》を抽《ぬ》かざるを追悔すべし

と洩らさざるを得なかった。「前事」とは、ほかならぬ江州左遷のことである。年が明けると、「『自ら勧む』に和す」(二二六七)で、「請う 看《み》よ 韋・孔と銭・崔、半月の間 四人死すを」と詠ずる。韋処厚に続き、京兆尹の孔戢《こうしゅう》、華州刺史の崔植、吏部尚書致仕の銭徽など、すべて居易の敬愛する所であった。歳暮に請うていた「百日の假《いとま》」の満ちるのを待って、居易は洛陽「長帰」の意志をいよいよ固めた。三月、東都分司太子賓客を授けられた。

# ㈥　東都分司

## 一

白居易が去った長安では、政治権力への激しい争いが進んでいった。長らく浙西観察使に出され、中央の召還を強く願っていた李徳裕が、ようやく徴されて兵部侍郎となった。宰相の裴度が、相位に薦めようとしていたのである。これを知って、吏部侍郎の李宗閔は、宦官の援助によって徳裕を退け、ついに自ら相位についた。その直後、宗閔は己れを排斥しようと動く徳裕を憎み、再び鄭州一帯を支配する義成節度使として外に出した。長慶初年とは逆の立場となったのである。李徳裕と李宗閔との権力闘争は深刻の度を加えてきた。当時、白居易は「来って酒を飲むに如《し》かず」(二七六九)で、「紅塵に入り去ること莫《なか》れ、人をして心力を労せしむ」と歌い起こし、

**男児誕生と知己の無残な死**

且滅嗔中火　　且《しばら》く嗔中の火を滅し

休磨笑裏刀　　笑裏の刀を磨くを休《や》めよ

洛陽　白馬寺

とも批判していた。すでに前年からこのような情勢になることを、ある程度予見していたのである。裴度とも知り、李徳裕に近い元稹とも接触していたからである。その元稹が間もなく尚書の次官たる左丞として、長安に召還されてきた。前任の韋弘景から指名を受け、弘景が礼部尚書に移った、その後をついだのである。白居易は洛陽にて数日の歓を尽くした。その冬、居易は一子を得た。もともと居易には女児はあったが、後を嗣ぐべき男児が長らく無かった。その男児を得たのである。居易の喜びは非常のものであった。「阿崔」（二八二五）では、その幼名の嬰児に、

弓冶将伝汝　弓冶　将に汝に伝えんとす
琴書勿墜吾　琴書　吾《わ》れを墜す勿《なか》れ

と呼びかけ、大きく期待をかけていた。しかし元稹の赴いた長安からは、時に心を暗くさせる報が届く。宰相となっていた李宗閔が、牛僧孺を薦めて兵部尚書として相位にすえ、やがて二相は相謀り、李徳裕に組《くみ》する廷臣を追放し始めた。左

丞の元稹は、綱紀を振起するよう務めたものの、李徳裕に近いこともあって、官僚群の反撥を招き、志半ばにして検校戸部尚書に除せられ、武昌軍節度使に出された。またかつて李宗閔を無視した裴度も、宰相の実権を奪われ、司徒に祭り上げられ、ついで山南東道節度使に出された。さらに李徳裕は、鄭滑の地から西のかた遠く、成都を中心とする西川節度使に移された。そのころ、興元節度使であった李絳が宦官に計られ、軍士の反乱によって家において殺された。絳は翰林学士以来の知己であり、常に居易に配慮し、居易もまた厚く尊敬する人物であった。この「正直」な人の無残な死は、居易の胸に深い傷痕を残した。その重苦しさを払うように、居易は時に応じて斎戒し、あるいは龍門の香山寺にしばしば遊び、仏道へ傾斜していった。

## 息子の夭逝と元稹の死去

そのような日びを送る白居易の上に、思いもかけず文宗から河南尹《いん》に除するという勅命が降った。大和四（八三〇）年の冬のことである。東都洛陽を中心とする河南府は、西京長安を含む京兆府についで、行政制度上に格式高く位置づけられていた。その首長たる尹は重職であり、実務とともに責任もあった。白居易はまたしても精神を緊張させなくてはならなぬのである。ただし洛陽の生活は続けることができ、しかも節度使や観察使などの指揮は受けなくてもすむ。しかも牛僧孺などの純粋な好意にもとづくものとし、戸惑いながらも、文宗への最後の務めとして履道の私邸を出た。一たび公府へ移ると、日ごろから関心を懐いて

いた農民の辛苦や獄囚の困窮をいささかでも軽減し得る機会として努力し始めた。「新たに綾襖《りょうおう》を製し成す」(二八九三)では、

心中為念農桑苦　心中　農桑の苦を念うが為に
耳裏如聞飢凍声　耳裏　飢凍の声を聞くが如し

と農民の上に思いを遣り、「舒《じょ》員外の香山寺に遊ぶ」(二三〇七)では、「白頭の老尹　府中に坐し、早衙《そうが》　纔《ようや》く退きて　暮衙催す」という多忙な時間の中で、

庭前階上何所有　庭前　階上　何の有する所ぞ
累囚成貫案成堆　累囚　貫を成し　案　堆《たい》を成す

と、府尹の裁決によって、罪状を計り刑を緩くするために労をいとわなかった。かくて「東都に分司せる諸公に贈る」(二二四四)において、

偶当穀賤歳　偶《たま》たま穀の賤《やす》き歳に当だり
適値民安日　適《たま》たま民の安き日に値《あ》えり
郡県獄空虚　郡県に獄は空虚にして
郷閭盗奔逸　郷閭《きょうりょ》に盗は奔逸せり

と詠じ得るようになったのである。このような公府の生活の中に、居易を慟哭せしめることもあった。一は崔児の夭折である。「初めて崔児を喪っ」(二八八一)て「腸」の「断」つ思いをし、

文章十帙官三品　　文章の十帙《じっちつ》　官の三品
身後伝誰庇廕誰　　身後　誰《たれ》にか伝え　誰をか庇廕《ひいん》せん

と、生きる意義を失うほどに悲泣した。しかも相ついで元稹の悲報を聞かねばならなかった。稹とは若いころから交わりを結び、今に及ぶまで三十年間、常に助け合い励まし合った仲であり、世間も「金石膠漆」とまで言っていた。その稹が一日の病で、世を去ったのである。「微之を祭る文」（二九三四）では、

烏呼《ああ》、微之。六十の衰翁、灰心血涙もて、酒を引きて再び奠《まつ》り、棺を撫して一たび呼ばう。

と悲痛な思いを訴えていた。さらに続いて崔群も没した。群も翰林学士以来の知友であり、日ごろから居易を支持し、居易もまた敬意を懐いていた先輩である。「崔相公を祭る文」（二九四五）では、

嗚呼、失い易き者は時、忱《しん》じ難き者は天。
既に我が志《のぞみ》を奪い、又《また》我が賢を殲《ころ》せり。

と哭泣していた。白居易は六二歳の身を顧みて、人生の収束を考え始める。かくて「府庁に題して」（三〇六〇）、

推誠廃鉤距　　誠を推して　鉤距《こうきょ》を廃し
示恥用蒲鞭　　恥を示して　蒲鞭《ほべん》を用う

という、四年にわたる河南の首長としての行政的立場を示し、「五旬の假《いとま》」を請い、ついで再び太子賓客分司となるのである。

## 朋党の権力闘争

そのころ、かつて西川節度使となり、兵を養いつつ吐蕃《とばん》や南詔への守りを固め、政績を挙げていた李徳裕が、入朝の機をねらいつつ、西川の監軍であった宦官の協力を得て、ようやく兵部尚書として召還された。李宗閔は、種々と手段を講じて阻止しようとしたが、果たせなかったのである。やがて徳裕に心を寄せる人びとが、牛僧孺への非難を始めた。かくて僧孺もついに淮南節度使となって外に出ることになった。大和七（八三三）年春、徳裕は相位についた。やがて中央官僚の間に大巾な異動が起こった。徳裕を憚《はばか》る者、あるいは宗閔に組する人びとが、一挙に地方へ転出することとなったのである。例えば白居易の旧友であり、かつて徳裕の父である吉甫の諡《おくりな》について異議を提起した、左散騎常侍の張仲方は、太子賓客として東都分司とされた。続いて白居易の姻戚たる給事中の楊虞卿なども遠州へ出された。さらに白居易が京兆府の考官として及第させた、給事中の蕭澣も地方刺史とされた。やがて李宗閔その人も、興元一帯の山南西道節度使として長安を去らなければならなかった。このような人事が一応落着すると、徳裕は官僚の体質を問題とし、遂に進士の科における「詩」「賦」を廃することにした。「詩」「賦」を重んじ、「経術」を軽んずる風潮を改めるという名目であった。ただしその胸底には、自らが科第に由らず、已れに対抗する者の多くが、科第出身者であることへの反発があったかも知れない。しかしこのような権力行使と政策変更に対しては、反感も自ずと高まってくる。

その動向に乗じて、李徳裕を憎む宦官の王守澄と昭義軍副節度使の鄭注等を中心として、先に地方に出された李宗閔を召還し、徳裕に対応させようとする計策が立てられた。大和八（八三四）年秋、宗閔は中書侍郎として宰相となった。その直後、徳裕は相位を退かされた。かくて進士の科に「詩」「賦」が復活することとなる。やがて兵部尚書に留まっていた徳裕も、宗閔によって鎮海軍節度使として浙西に出され、ほどなく袁州《えんしゅう》刺史として貶謫《へんたく》された。徳裕を支持した者も、また宮廷から地方へと移された。それに対して、先に東都分司に遷《うつ》っていた張仲方も、遠州に出ていた楊虞卿も中央へ返り咲くこととなる。宰相の交替によって、高級官僚群の人事が忽ちに左右されるのである。その実情は文宗をして、

河北の賊を去るは易きも、朝廷の朋党を去るは難し。

と嘆かしむるほどになった。しかし事はなお進んでいった。太僕卿となっていた鄭注は、李徳裕の追い落としに加わっていた翰林侍講学士の李訓と謀り、いよいよ勢威を加えた。さらに文宗の疾病を機に重用されるようになると、実権を把握しようと企てた。まず京兆尹となっていた楊虞卿を計によって陥れ、獄に繋いだ。やがてこれを弁護し続ける李宗閔をも追放しようとした。宗閔は抵抗したもののかなわず、まず明州刺史に、ついで処州長史に、ついには潮州司戸に放逐されていった。

虞卿は一挙に虔州司戸に落とされた。また刑部侍郎の蕭澣も、遂州司馬に左遷された。こうして初めには李徳裕の、ついでは李宗閔の親旧及び門生故吏など、宮廷の高級官僚の席が空しくなるほど、日びに貶逐《へんちく》されていった。かくて官僚の権力闘争は、二李の間に止まらず、鄭注の集団の参加によってさらに拡がってゆくことになった。

## 一日の安閑　値万金

洛陽の一隅において、白居易はそのような権力闘争を深く凝視していた。

「感興」(三二五六)では、

熱処争先炙手去　　熱き処には　先を争いて　手を炙《あぶ》り去り
悔時其奈噬臍何　　悔ゆる時には　臍《ほぞ》を噬《か》むも其奈何《いかん》せん
樽前誘得猩猩血　　樽前　誘《いざな》われて　猩猩《しょうじょう》の血を得るも
幕上偸安燕燕窠　　幕上　偸《ひそか》に燕燕の窠に安んず

と批判していた。勢炎の盛んな所に居れば、禍いが襲いかかるものだし、緋の毛氈《もうせん》の上で栄華を極めていても、幕の上の燕《つばめ》の巣のように安住はできぬものだという。権力を追求する人びとに警告しているのである。しかも河南尹としての体験から見れば、多くの高官はただ権力に向かって全精力を集中し、天下の太平や人民の生活はさほどに顧慮してはいない。政治に責任を負いつつも、政治を権力闘争と思いこみ、世界の秩序や人民の幸福は念頭に少ない。政治の本質は全く見失われてい

ると、嘆かねばならなかった。もとより「遷臣逐客」については、

何処投荒初恐懼　何れの処にか　荒に投ぜられて　初めて恐懼《きょうく》する

誰人遶沢正悲吟　誰人か　沢を遶《めぐ》りて正に悲吟する

と、「閑《しず》かに臥して思う所有り」(三一五九)で思いやっている。しかしその身も、「自ら苦しみを取《えら》ん」でいるのであるとも責める。かくて居易は、権力闘争否定の立場に立ち、積極的に自らの生活態度を打ち出してゆく。先に掲げた篇題の第二(三一六〇)では、「権門　要路　是れ身の災い」と歌い起こし、「今日憐れむ　君が嶺南に去るを、当時は笑えり　我が洛中に来りしを」といい、「散地　閑居　禍胎少《ま》れなり」と、太子賓客分司の身を言挙げする。そしてついに、

始知洛下分司坐　始めて知る　洛下　分司の坐

一日安閑直万金　一日の安閑　直《あたい》万金

と謳歌する。まことに洛陽における生活は「安閑」であった。この「安閑」の生活から数多くの詩歌が作り続けられる。それらは多く、長安における権力闘争への批判から、積極的に詠ぜられたものと認められよう。顧みれば、大和三年に洛陽に入ってから八年に至るまで、すでに六年を過ごした。かくてそれまでの詩歌を数えると、四百首をはるかに越えている。晩年の一時期を結ぶものとして、ここに『洛中集』を編集した。一つの事を終えて、長らく考えながらも、なお果たせなかった下邽《かけい》の墓参を思い立ち、九(八三五)年の春に旅へ出た。寒食の前後には同州刺史であった姻戚の

楊汝士とも会い、また母の喪に服していた曽祖弟の白敏中とも久しく語り合うことができた。裕《ゆと》りある旅であり、長安へは一日の行程であったが、居易はそこには足を踏み入れようとしないままに帰途について。白家の長老として一族の祭りも終えた居易は、『洛中集』をも組み入れ、すべて「二千九百六十四首」を編制し、「六十巻」の『白氏文集』を成した。それをよすがに、「二林と他生の縁を結ばん」と願い、慧遠の文集に倣《なら》って、自らの文集を江州の廬山東林寺へ奉納した。六四歳になっていた居易は、自らの人生の収束を考え始めたのである。

## 二

### 宦官による甘露の変

そうした時、白居易は同州刺史を授けられた。楊汝士が同州から中央へ召還された、その後を埋めるためである。若いころ「賈大」と呼び、進士の科への勉学をともにした賈餗《かそく》と、「李二」と呼び、親交を結んでいた李顧言が、ともに宰相となり、また河南尹《いん》の当時、分司として洛陽にあり、詩歌の贈答を重ねていた舒元輿《じょげんよ》が御史中丞となっていた。恐らくはそれらの人びととの支持によるものであろう。ただし同州は自らのゆかりある土地としても、「詔下る」(三〇三七)で、

我心与世両相忘　　我れ心と世と　両《ふた》つながら相忘る

時事雖聞如不聞　　時事　聞くと雖も　聞かざるが如し

というように、すでに官職への思いを絶っていた。かくて「身力」の衰えの故に、「労」に従い難いことを名目として辞した。かつて蘇州刺史・刑部侍郎、さらには近く河南尹の時にも、期を満たさずして長告を請い、そのままに任を去った。世俗的には好ましい地位であっても、居易にとって身心を磨りへらすものとなれば、潔く退いた。まして今は権力闘争のさ中である。そのような動向に批判的である居易としては、たとえ魅力的な地位としても受けるべきではなかった。居易の決意は固かった。その固辞によって、劉禹錫が汝州より移された。事が定まって、白居易は太子少傅分司に除せられ、馮翊《ひょうよく》県開国侯に封ぜられた。馮翊は同州の古名であり、下邽を含んで、七世の祖の建が荘宅を賜ったと伝えられる韓城をも管轄する所であった。その開国侯に封ぜられたのである。中央の好意に対する謝意をこめて、「賓客より太子少傅分司に遷る」(三〇三一)を綴り、

勿謂身未貴　　謂う勿《なか》れ　身未だ貴ならずと

金章照紫袍　　金章　紫袍を照らせり

と詠じた。紫衣金魚袋の二品官の待遇をひそかに喜んでいるのである。

折しも長安では、大事が決行されようとしていた。鳳翔節度使の鄭注の勢威を背後に、礼部侍郎で宰相となっていた李訓と、刑部侍郎で相位にあった舒元輿とが、二李の朋党が一掃されたその宮廷の中枢にいた。そこでは隠密に宦官対策が練られていた。もともと文宗は、早くから宦官の横暴

を憎んでいた。すでに宦官はしばしば皇帝の廃立にまで介入しており、自らの即位も宦官の動きにかかわりがあった。即位の直後、賢良方正の制科において、劉《りゅう》蕡《ふん》も宦官の禍いを極言していた。そこに示唆されるように、また最近の二李を頂点とする朋党の争いにも、宦官が裏面で工作していた。文宗はここにおいて、政治の根幹を揺るがす宦官を掣《せい》肘《ちゅう》すべく決意するに至ったのである。その意図を承けて事を進めたのが李訓である。まず李訓は鄭注と謀り、神策観軍容使の王守澄を酖《ちん》毒《どく》によって殺害した。ついで瑞祥たる「甘露」が降り、皇帝が臨幸するという虚構を設け、それに乗じて宦官の有力者を、行政府の権限に属する軍隊によって、一挙に撃殺しようと企てた。しかし事の進行中にその謀計が、宦官に見破られた。中尉の仇士良は、直ちに支配下の神策軍を出動させた。皇宮内では戦闘が起こり、諸司の吏卒千余人が殺され、市街でも掠奪が行われた。この混乱の中で、主謀たる李訓と舒元輿、さらに王涯や賈餗などの宰相も、残殺されあるいは腰斬された。鄭注も監軍たる宦官によって斬殺された。さらに反宦の一味と見なされた人びとも、すべて死に追いやられた。かくて官僚の生殺除拝はもとより、天下の政治もことごとく仇子良を中心とする宦者集団に依ることとなった。

### 反権力の信条を貫く

この「甘露の変」は、たちまちに洛陽にも急報され、白居易もただならぬ衝撃を受けた。当時綴られた一連の詩歌の中に、「史を詠ず」(三〇三一)が

ある。それは史的事実についての感慨を詠ずるものである。歌い起こしは、

秦磨利刀斬李斯　秦は利刀を磨《と》ぎ　李斯を斬る
斉焼沸鼎烹酈其　斉は沸鼎を焼《た》き　酈其《れきき》を烹《に》る

の二句である。李斯は秦の始皇の丞相であり、二世にも仕えた。しかし二世に罪を受け、咸陽《かんよう》の市で子とともに腰斬の刑に処せられ、一族ことごとく誅された。酈食其《れきいき》は斉王に対して、七十城を漢に与えることにより、斉国を保障した。しかし韓信が攻めこんだので、斉を売る者として釜ゆでの刑に処せられた。二句は宰相や国賓のような高位の者でも、一朝事あれば無残に刑殺されることをいう。ただしこの篇題の下には、「九年十一月作る」という居易自らの注記がある。疑うべくもなく、長安における残虐な事実を象徴するものである。居易にとって、今の長安の事実は秦漢の事実に連なり、それと同じ重さをもつ大事とさえ、意識の底では受けとられていたのである。ただ末聯は、

去者逍遙来者死　去る者は逍遙たるも来《きた》る者は死す
乃知禍福非天為　乃ち知る　禍福は天為に非ざるを

と結ばれる。「来る者」とは権力を志向する者を指す。二句は権力志向を批判しているのである。そのような主題は、「九年十一月二十一日、事に感じて作る」(三二二八)にも見える。「九年十一月二十一日」は、「甘露の変」の起こった当日をさす。その直後の題詠の作である。それは「禍福は

茫茫として期す可からず」の句で始まり、末聯に「麒麟《きりん》は脯《ほ》と作《な》り、竜は醢《かい》と為る」の句を置く。「麒麟」と「竜」とは顕栄の者をいう。「脯」はほじし、「醢」はししびしお。二字は古代の最も残酷な刑罰の結果をさす。権勢の固執はついには身の破滅を招くというのである。「甘露の変」を一つの権力闘争と見、そのような権力闘争を否定する立場から詠じているのである。しかもこの篇題の下を顧みると「其の日、独り香山寺に遊ぶ」という居易の自注がある。末聯の「何んぞ似《し》かん泥中に尾を曳く亀に」という句と照応して、一篇は「独遊」の生活態度の肯定ともなる。先の「九年十一月作る」では、「去る者は逍遥たり」といっていた。「独遊」は「逍遥」でもあった。権力から超脱する「独遊」や「逍遥」にこそ、人間の「福」があるというのである。前に同州刺史を固辞したのも、ここから見れば、権力への消極的な抵抗とさえ考えられる。居易は身をもって自らの信条を貫いていたのである。そしてこの信条のままに、「独遊」「逍遥」の詩歌を詠じ続けてゆく。

### 生死の境をさまよい仏道に傾く

その九年の押しつまったころ、阿羅と呼ぶ一人娘を、洛陽にいる監察御史の談弘謨に嫁がせた。人生の最後の残務も果たしたのである。「甘露の変」を清算しようとして、「開成」と改元された年（八三六）の春、深く気づかっていた、虔州で死没した楊虞卿の葬儀に参加した。この重く心を覆っていたことを終え、白居易は「居士」として仏教へ沈潜してゆく。そのような立場から、『白氏文集六十五巻』を編集し、洛陽の聖善寺に奉納した。その寺院は、かつて居易が「八関斎戒」を承けたゆかりの所であった。その「記」の中で、「将に前好を尋ねて、且つは後縁を結ばん」と述べている。仏道へ深い関心を懐いてゆくのである。そのような居据った姿勢から、東都留守の裴度との交わりは深まり、ついで裴度に代った牛僧孺とも、詩歌の贈答を重ねた。高位の者との交わりにも、今は何のこだわりも持たなくなったのである。そのような時、談氏の下にある阿羅に、「引珠」という孫娘が生まれた。「珠を引く」とは、次ぎに珠に擬すべき男児を期待する心情の命名である。その生誕を喜ぶ詩（三三三六）の中で、「物は稀れなるを以って貴と為し、情は老いるに因りて更に慈なり」ともいう。「老」を深く意識し、齢を顧みるとすでに六六であった。「歯落つるの辞」（二九五二）を綴りつつ、仏説にいう「是の身は浮雲の如し、須臾《しゅゆ》にして変滅す」という語を想い起こした。かくて仏道に専念し続ける。すでに家には道場がしつらえてあり、月ごとに十日の斎戒を持し、折にふれて長期の斎戒もし、龍門の香山寺へもしばしば詣でた。時に「酔吟先生伝」（二九五三）をものした。中で「酔」と「吟」との日びを送りつつも、「心を釈氏に棲ましめ、小中大乗の法に通学し、嵩山《すうざん》の僧なる如満と空門の友為《た》り」という。そうした境涯で、『白氏文集六十七巻』を成し、蘇州南禅院の千仏堂に奉納した。

今生世俗の文字、放言綺語の因を以って、転じて将来世世、仏乗を讃し法輪を転ずるの縁と為さん。

と願うためであった。開成四（八三九）年の春のことである。

その直後、十月に入って突然「風痺の疾」に襲われた。目もくらみ、体は不自由となり、左足が用をなさなくなった。生死の境をようやく越えたものの、かなりの間、門を閉じ病を養わなければならなかった。いささか癒えて、「病中の詩十五首」を作り、その第一の「初めて風を病む」（三四〇八）では、「六十と八の衰翁、衰に乗じて百疾攻む」と自らを憐んでいた。やがて騎《の》り馴れた「駱《らく》」という馬を売り、長らく侍していた柳枝という歌妓をも放った。「朝に飯しては　心　乞食の僧に同じ」といい、「中宵　定に入りて　跏趺《かふ》して坐す」ともいう「家に在りて出家す」（三四六三）を綴ったのも、このころである。

## 帝位争奪を目のあたりにして

時に長安でも文宗が病んでいた。「甘露の変」の後、鬱鬱として楽しまず、「今や朕は制を家奴に受く」と嘆いていた。「家奴」は宦官のことである。やがて皇位継承の問題がにわかに起こった。宰相の主だった者は、「変」後の収拾のため起用された楊嗣復と李《り》珏《かく》とである。文宗はひそかに両相を召し、幼い太子に事を執らせるよう指示した。しかしすでにしばしば継承問題に介入し、「変」の以後は、さらに威権をほしいままにしてきた宦官は、仇子良を中心として自らの集団を有利に導くべく対策を練った。その結果、楊・李両相の主張を無視し、文宗の詔勅を矯《た》めて、皇太弟として瀍《てん》を立て、ついに太子に死を賜うようはからうに至った。廛は文宗の弟に当たり、やがて武宗として即位する。文宗は失意のまま崩じた。ここに宦官は、かつて文宗に協力した廷臣や一部の宦官を含めて、中央から追放し始めた。のみならず文宗の恵みを受けた楽工などにも誅貶を加えていった。文宗の葬儀を終えた楊嗣復と李珏とに対しても、厳しい処置が下された。ともに相位から降されたのである。白居易はこの報を耳にし、嗣復を慰める一篇（三四六二）を捧げた。「道行わるるも喜ぶ無く　退くも憂うる無し。舒巻雲の如く　自由を得たり」と。長安の動向に目を向けていたのである。この相位の空白を埋めるために、先に李宗閔を召還しようと動いた楊嗣復に、対立感情をもっていた李徳裕が、宦官の楊欽義《ようきんぎ》の援助を受け、淮南節度使から起用されることとなった。その直後、武宗は嗣復や珏を外に出し、途上でひそかに誅殺させようとまでした。嗣復と珏とは辛じて命を全うしたものの、それぞれに再び地の果てにも似た潮州・昭州に追放された。白居易は病後ながら、再び権力への闘争を批判せざるを得なかった。例えば「山中五絶句」の「澗《かん》中の魚」（三四七八）では、

海水桑田欲変時　　海水と桑田　変ぜんと欲《す》る時
風濤翻覆沸天池　　風濤　翻覆して　天池　沸《わ》く
鯨呑蛟闘波成血　　鯨《げい》呑み蛟《こう》闘いて　波は血と成る
深澗游魚楽不知　　深澗の游魚《ゆうぎょ》　楽しみて知らず

と詠ずる。「海水と桑田　変ぜんと欲る時」は、葛洪の『神仙伝』の、「東海三たび桑田と為る」と

いう語を負う。もともと世界の変転の速やかなことをいうが、しばしば文学に用いられ、時勢の転変の激しさを指す語ともなっていた。ここでも文宗の治世が終わり、武宗の治世が開かれる、その交替の際をさすのであろう。しかも第二句の「天池」は、宮廷を響かせる。第三句は皇帝をも加えた、廷臣と宦官との間にくり展げられた血みどろな帝位争奪の闘いを意味するのであろう。さらには「甘露の変」における高位の宦官や廷臣の間における、殺戮にまで拡がった権力闘争への回顧をも含めるかも知れない。自らを「深潤の游魚」になぞらえる白居易は、「鯨魚」といい「蛟」という、皇帝の側近の権官たちと宦官とを激しく批判しているのである。そこには権力への信仰とそれへ盲進する行動とを、人間の愚かさとして、冷静に凝視している眼がある。

## ㈦ 致《ち》仕《し》

**権力闘争の余波**　すでに前年の冬、白居易は疾病を理由に、太子少傅《しょうふ》の官をも辞すべく「百日の假《いとま》」を請うていた。若いころから「七十致仕」の『礼』の明文を言挙げし、杜佑を風刺したこともあった。今、年七〇に登った会昌元（八四一）年、その信条のままに身を処したのである。俸を停められ、長告の期を遠く過ごした次の年の春、朝廷から刑部尚書を贈られ、半俸を給せられることとなった。刑部尚書は、かつてその侍郎となっていたからである。それからほどなく劉禹錫が没した。元稹の亡き後を埋めていた文学的知友であった。詩歌の贈答はすでに長く、『劉白唱和集』は巻を重ねていた。かくて「四海　名を斉《ひと》しうす　白と劉」と歌い起こしつつ、

今日哭君吾道孤　　今日　君を哭して吾が道孤なり
寝門涙満白髭鬚　　寝門に涙は満つ白き髭鬚《ししゅ》

という一聯を含む弔いの詩（三六〇二）を捧げた。致仕に加えて、劉禹錫の死に居易は自らの詩文を結集すべく、『白氏文集七十巻』を編成した。人生の終束を試みたのである。時に居易がかつて新楽府運動を共にした李紳が入朝し、中書侍郎をもって宰相となった。その紳によって、武宗は居易の名声を想い起こし、宰相に充てようとし、李徳裕に問うた。徳裕はもともと居易に好感を懐いていなかった。居易が李宗閔や牛僧孺の制科における考官であり、浙西観察使の監督下にあった蘇州刺史以来、忌避しているのを感じたからである。ために老衰を理由に任に堪えぬことを答えた。ただし曽祖弟の白敏中を、居易が就いたことのある翰林学士に登用することにした。かくて居易の起用のことは止んだ。高級官僚間における長い権力闘争の余波が、白居易にも及んでいたのである。

この李徳裕について、五代の孫光憲の『北夢瑣言』には、

　劉禹錫が白居易の文集に関して問うた時、徳裕はかの文集は手許にあるが、心の動くことを慮り、披見したことがないと答えた。これを聞いた人びとは、居易の策文や上奏を見れば、「経

綸の才」を知ることができるのにと、漢の賈誼が文帝に用いられなかった例をあげて惜んだ。と見える。そのころ編纂された『旧唐書《くとうじょ》』の本伝の論賛にも、「『白の奏議』は、文章の壺奥《こおう》を極め、治乱の根荄《こんがい》を尽くす」と評してもいる。しかしすでに白居易は、権力を伴う官職については全く拒否の姿勢を崩していなかった。恐らくは李徳裕もそれを見抜いていたであろうし、さらには朋党のことを推進する契機になりかねないという配慮も働いていたのであろう。ただし白居易には一つの期待があった。嗣子としての景受が、居易の翰林院当時の六学士の中、五人までが宰相となったが、居易一人がその任に就かなかったことに不満を示していた。その景受に対して、居易は「汝、少《しばら》く待て」と答えていた。「待て」というのは、才能と決断に富む敏中を心に置いていたからである。その敏中はやがて居易の期待に応えることとなる。

### 九峭《きゅうしょう》石《せき》開鑿《かいさく》の大願を発す

会昌が三年に入ると、にわかに回鶻《かいこつ》との関係が緊張し、突厥の一族である黠戛斯《かつかつし》とも緊迫してきた。宰相の李徳裕は、西川節度使当時、西北地区の異民族対策に効果を挙げていたため、武宗は新しい事態への対応を徳裕に任せた。やがて詔勅の起草も翰林学士に求めず、徳裕に命ずるようになった。その勢威は日を経るごとに高まってゆく。ただ徳裕の気がかりは、東都留守の牛僧孺と、湖州刺史の李宗閔のことである。その宗閔と僧孺とが、先に武宗の怒りを買っていた昭義節度使の劉従諫と、ひそかに連絡していたと言い立

香山寺図

て、遠く外に出すよう武宗に働きかけた。武宗は憤り、まず僧孺を太子少保分司とし、宗閔を福建の漳州刺史に遷した。さらに同じ月、僧孺を福建の汀州刺史に、宗閔を漳州長史に降した。さらに月を隔てて、僧孺を広東の循州長史に、宗閔を同じ広東の封州長史に放逐した。長慶初年から始まった、徳裕と宗閔・僧孺との権力闘争は、ともどもに六〇歳を前後する会昌四（八四四）年の今まで、しばしば繰り返され、しかも年を経るにつれて深刻さを加えてきたのである。白居易は「禽虫《きんちゅう》十二章」の、「報を誡しむるなり」と注記する第八（三六六八）で、

蠨蛸網上罥蜉蝣　　蠨蛸《しょうしょう》　網上　蜉蝣《ふゆう》を罥《か》け
反覆相持死始休　　反覆　相持し　死して始めて休《や》む
何異浮生臨老日　　何んぞ異ならん　浮生臨老の日
一弾指頃報恩讐　　一弾指頃《いちだんしけい》　恩讐に報ゆるに

と綴る。「蠨蛸」はあしだかぐも、「蜉蝣」はかげろう。死に至るまで復讐に執念をもやす人間の闘争を、小虫のそれに擬《たと》え、はるかな高みから批判している。その視点の高さは、政治を客観視し得る致仕後の心境にもとづくものではあるが、また仏教的な見方に支えられてもいるようである。

そのころ白居易は、龍門の八節石灘を鑿《き》り開いていた。八節灘の九峭石《きゅうしょうせき》あたりは、古来から舟や筏の難所であり、ここを過ぎる時には難破することが多かった。大寒の月ともなれば、転覆した舟筏から投げ出された舟びとたちの飢凍の叫びが、終夜に響くことさえ稀れではなかった。白居易は大願を発し、一人の悲智僧の協力を得て、九峭石の開鑿《かいさく》を始めた。やがて貧者の労力や富人の施財を得ることができ、ついにさしもの険所も、未来に向かって除かれた。無数の人びとに苦を抜き楽を施すという一念を達したのである。「七十三翁　旦暮の身」と歌い起こし、

十里叱灘変河漢　　十里の叱灘《しつだん》　河漢に変じ
八寒地獄化陽春　　八寒の地獄　陽春に化す

と、「歓喜《かんぎ》」を詠ずる詩（三六二六）を綴った。「八寒地獄」は仏法に拠る語である。白居易はすでに仏法の観点から、世界や人間を眺めていたのである。

### 武宗の仏教弾圧政策

この八節石灘を開いた次の年の春、履道里の宅に、すでに退休して、洛陽で自適の生活を送っていた長寿の六人を招待し、「尚歯の会」を催した。

白居易は七四歳で末席にあった。その席上でものした詩（三六四〇）に、「七人　五百八十四」というから、平均すれば八十三を越える。互いの長命を祝いつつ、長い生涯を生き切った感慨を語り合った。その夏、僧の如満など二人を加えて、「九老の会」を開き、「九老の図」をも描いた。好事の者の話題となった一事である。その如満は「酔吟先生伝」で「嵩山《すうざん》の僧」といわれ、「空門の友」といわれ、やがては洛陽の仏光寺の長老となり、今は香山寺に住し、白居易の導師ともなっていた。この如満との対面に、やがて自らを訪れる人生の終結を深く意識し、詩文を最終的に総括する全集を編集した。先の七十巻に五巻を添え、『白氏文集七十五巻』を手定したのである。そこには三千八百四十首が載せられ、当代きっての厖大な数量の全集となっていた。顧みれば一五歳のころから詩を書き文を綴ってきた。官職にある時も、官籍になかった時も、制作は止まることがなかった。しかもそれらの制作を時に応じ折に触れて編集してもいた。その最後の結集である。それこそ自らの一生を象徴するものであった。この手定の全集を前にしつつ、白居易は「後記」（三六七三）を書き終えた。会昌五（八四五）年五月一日のことである。その中には、「日本・新羅の諸国、及び両京の人家に伝写するもの」という文字が見える。すでにわが国にも一部の詩文集が伝えられていたのである。そのようなことは、わが国のみではなく、「新羅」といわれる朝鮮でも相似ていた。さらには「日南」と呼ばれていた越南でも同じであった。いわゆる漢字文化圏を通じて、詩文は読み続けられていたのである。白居易は大きな満足を感じていた。しかしこのような心境を、激しく揺さぶる事件が起こってきた。

同じ五月、礼部に属する祠部が、仏教関係の報告をとりまとめた。天下の寺は四千六百、蘭若は四万、僧尼は二十六万五百と計上されていた。その数量の大きさに、今さらのように驚いた武宗は、国を蝕むものとして、具体的な対策を立てた。これを強く推し進めたのが道士の趙帰真である。帰真は武宗即位の直後からとり入り、やがて宮中に九天道場を設けた。武宗もまた道術の秘書たる法《ほう》籙《ろく》を受けていた。その信仰に乗じて、帰真は、仏教の熱心な信者であり、保護者でもあった宦官の勢威を減殺しようと企て、有力者の仇士良を観軍容使から退けた。時に士良は一門をひそかに集め、「権寵を固める術」を伝授していた。その一は天子を歓楽に耽けらせることであり、その二は儒生や典籍から遠ざけることであった。そのような謀略による政治介入に、宰相の李徳裕も趙帰真に歩調を合わせたきた。かくて武宗は大大的な仏教弾圧の政策に踏みきったのである。もとより仏教への圧迫は、すでに三年前から始められていた。その重点は僧尼の数を制限することであった。やがて制限は外国からの留学僧にも及び、本国への送還が命ぜられた。ために蘇州の南禅院で、還俗を強いられ、裹頭僧《かとうそう》と自らを呼びながら、白居易が奉納していた文集をひそかに写していた慧蕚《えがく》も、渡海の船を待たねばならなかったのである。そのような経過の上に、武宗の激しい政策は八月に布告された。まず山野の仏寺を毀《こぼ》つことを命じ、ついで西京東都を始め各地の寺院に制限を加えた。長安では慈恩寺など四寺のみを留め、他の諸寺の廃絶を令し、留めた各寺の僧侶の数も二十人に限った。洛陽でも同じように定められた。しかもそれぞれに期を定めて事を行わしめ、御史を分遣して進捗の状況を督励させることにした。かくて寺院を毀つこと四千余、蘭若は四万。僧尼の還俗数は二十六万を越した。しかも寺院所属の良田数千頃《けい》、奴婢十五万を官に没収した。さらに寺院の建材でもって、公廨《こうかい》駅舎及び道教の廟屋の建造に充《あ》て、銅像や鍾磬《しょうけい》を通貨の鋳造に利用させ、国家財政の中に繰り込んだのである。これらの措置に違反した僧侶に対しては、強い処刑が加えられ、

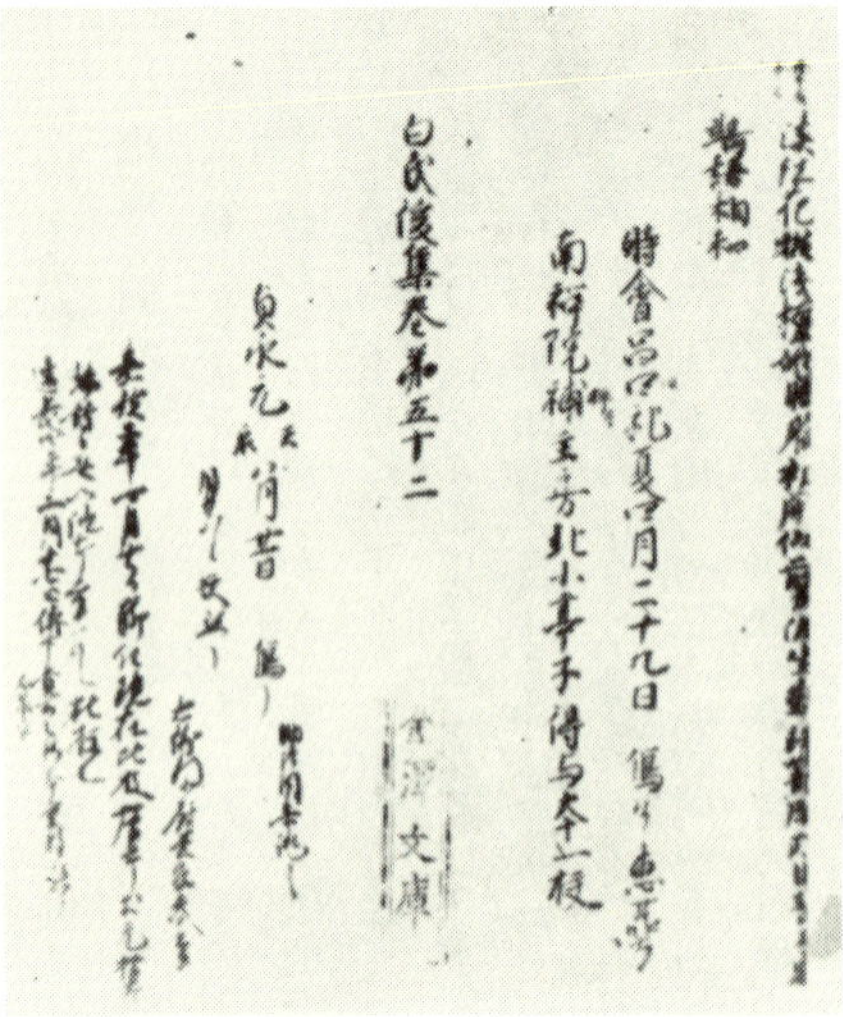
金沢文庫旧蔵本『白氏文集』

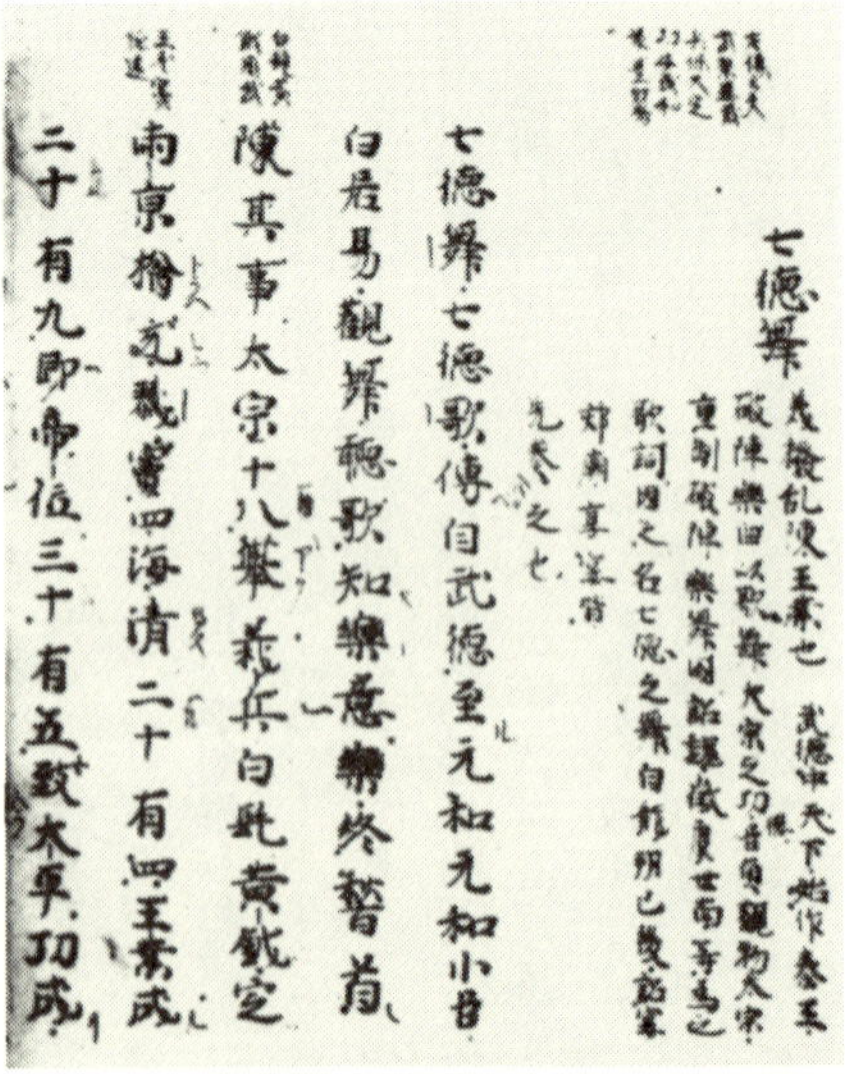
文集第三（神田博士旧蔵）

行き過ぎを批判する臣士は、直ちに外官に出された。白居易にとっては、まことに悲痛極まりない事態となったのである。

## 曽祖弟敏中宰相となる

この仏教対策を実施したのは李徳裕である。その徳裕は権力を頼み、そのまま官僚人事に個人的な愛憎を加えることとなり、ついに一般から憤りを蒙《こうむ》るようになった。武宗もまた道士の進める、不老長寿の薬物たる金丹によって、日ごとに躁《そう》急《きゅう》となり、ついに病に臥さねばならなくなった。ために翌年の正月における朝会をもとりやめることにした。そして後継者として、憲宗の子の忱《しん》を皇太叔《こうたいしゅく》に指名した直後に崩じた。忱は直ちに即位した。宣宗である。自ら政を執り始めて二日目、その専横を憎んでいた李徳裕を宰相の座からはずして荊南節度使に出した。ついで徳裕に組していた高級官僚をも、次つぎに遠州へ追放した。さらに趙帰真を始めとする道士たちを処刑し、その一門を追放した。人事に決着をつけた後、先ず取り上げたのが寺院の再建である。白居易を悩ませた仏教弾圧のことが終結したのである。しかも新しい政策の推進者として、翰林学士であった白敏中が宰相に起用されたのである。会昌六（八四六）年五月のことである。かつて居易が嗣子の景受に、「少《しば》く待て」と言っていた、その時が来たのである。白氏は曽祖弟の敏中によって、宰相の家柄として長く記録されることとなったのである。もとより官僚人事も敏中を中心として廻り始める。居易は心にかかって離れなかった親友たちの追放が、解除される日も遠くないことを知ったのである。やがて八月、循州司馬の牛僧孺が衡州長史に、封州の流人の李宗閔が郴州《ちんしゅう》司馬に、潮州刺史の楊嗣復が江州刺史に、昭州刺史の李珏《りかく》が郴州刺史に移された。李徳裕によって放逐された宰相が、ことごとく長安への道を取り始めたのである。ただし李宗閔は量移のことを聞きながら、封州で歿した。その宗閔の死後、九月から李徳裕はつぎつぎと降格され、ついに遙か南の海南島の崖州司戸に貶せられ、そのままその地で世を去った。ほぼ四十年に及び、白居易の後半生に深い影を投げかけていた朋党のことは、敏中に至って、ついに終焉することとなるのである。

## 七五歳　大期を迎える

政策の変更と敏中の就任を知った白居易は、楊嗣復らの量移された八月、安堵と平安の心境の中で、大期を迎えた。身近にいたのは、結婚以来つねに傍に居り、晩年は道場で長斎を共にした妻の楊氏である。数人の子女の中でただ一人成長し、談氏の死後は居易の許に帰っていた阿羅もいた。その阿羅の育てていた外孫の引珠と玉童もいた。数少ない甥や姪もいた。その中には、弟行簡の死後、居易自ら教えていた亀郎もいたであろう。そうした血縁のみではなく、姻戚や縁者も少なくなかったであろう。さらには居易の援助を受けていた仏寺の僧侶たちも、加わっていたに違いない。多くの人びとに温かく見守られながら、居易は世を去った。時に齢は七五。若いころからの知友もすべて先立ち、晩年の親友も多く逝ったその後

龍門西山石仏群

である。あの元稹も七歳年下ながら、すでに十六年前に没していた。同年の劉禹錫も五年前に鬼籍に入っていた。居易は天寿を全うしたのである。まさしく「易きに居り」、「天を楽し」んだ人にふさわしい生涯の幕引きであった。

葬儀に際して尚書右僕射《ぼくや》を贈られた。葬られたのは、父母兄弟の墓所たる下邽ではなく、龍門の香山寺であり、僧の如満の塔側であった。十一月の葬礼には、僕射にかなう儀物が備わっていた。官位のことは宣宗による。その宣宗はさらに詩を詠じて弔った。

浮雲不繫名居易　　浮雲繫げず　名は居易
造化無為字楽天　　造化　無為　字は楽天
童子解吟長恨曲　　童子も解《よ》く吟ず　長恨の曲
胡児能唱琵琶篇　　胡児も能く唱う　琵琶の篇

という二聯を含んでいた。遺命して「諡《おくりな》を請う毋《なか》れ」と伝えられるが、居易に負う所が多いと感じていた宰相の敏中は、やがて宣宗に願い出て、居易のために「文」の諡を

白楽天の墓（後築）

賜った。その「文」とは、大まかにいえば文化に貢献したことを讃えるものである。居易はかくて「白文公」という称号でもって、後代から呼ばれるに至ったのである。『旧唐書』の本伝では、その晩年を次のように評する。

心を自得の場に放ち、器《み》を必安の地に置き、優游して歳を卒《お》う。亦《また》賢ならずや。

# II

# 思想の位相

# (一)　儒教的世界観

### 進士の科を志し儒教の経芸に打ちこむ

天宝の大乱が勃発して二〇年、まだ新しい秩序が見出せなかったころ、白居易は生まれた。しかもその幼少の時代、黄河の流域は地方軍団による勢力拡大のための戦場となり、父母とも離れて暮らすことが多く、時には江南の地に、難を避けて親族縁者の許で生活しなければならなかった。やがて徳宗が立ったが、地方軍団相互の抗争や、さらには中央政権との間の闘争は続き、国家秩序の再建はなかなかに実現されなかった。

とはいうものの、かつての租庸調の税制に代って、両税法を始めとする新しい諸税の実施による、国家財政立て直しの方途が打ち出され始めた。ついで国家の全般にわたって、秩序再建の理念も見え出した。それは先ず大乱以前の安定した時代への回顧による、「開元の治」（七一三〜七四一）であり、さらにはこれを媒介とした「貞観の昇平」（六二七〜六四九）である。その「開元」「貞観」の底を貫くと見なされるのは、「三王」「六代」の礼楽を中軸とする文化であった。「三王」とは夏《か》の禹《う》・殷《いん》の湯《とう》・周の文王をさし、「六代」とは黄帝・帝堯・帝舜・夏禹・殷湯・周武をいう。かくて礼楽文化を鼓吹する「儒教の道」が憧憬されるに至ったのである。

この風潮の中で、一六歳に達した白居易は科試のあることを知り、かつて祖父や父の辿った明経の科とは異なり、さらに高次な進士の科を志し、そのための勉学を始める。「昼は賦を課《わりあ》て、夜は書を課て、間に又《また》詩を課て、寝息に遑《いとま》あらず」という激しい努力を続けた。その科試の第一段階として、先ず宣州において、刺史の崔衍《さいえん》の掌る州試に応じた。それは「射て正鵠《せいこく》に中《あ》つるの賦」（一四二一）から始まる。「正鵠に中つ」というのは、『礼記』射義篇にもとづく語である。「正鵠」とは弓の的の図星である。一篇は「射の礼、射の義」が説かれている。「礼」は礼楽をいう。その「礼楽に習えるは、徳行有る者」と定め、「その徳行を観て、士を取るの『義』」を述べる。この記述の中には、『尚書』『詩経』『論語』の語句が引用されている。賦を作る者は、先ず題材となっている語が、『礼記』射義篇から出る語であることを知り、そのうえで一篇の主旨を想起しつつ、引用の『書』『詩』『語』の理解に基づきながら、自らの見解を表明しなければならない。しかもその間に、この「射」「礼」「義」に深く係わる儒教の経典に言及する必要もある。つまり提出された一句によって、儒教に関する広く深い知識による、高い見識を宣明することが求められるのである。しかもそのような知識と見識とを「賦」という、散文的内容を韻文的形式に盛る伝統的な文学形態に表現しなければならない。もとより韻文としての韻脚の文字も定められ、文辞の長さも限定が加えられている。いわば伝統の体得と創造の能力も試みられるのである。

このような州試に居易は見事に合格し、ついで中央における省試にたち向かうこととなる。応じたのは中書舎人として礼部の貢挙を司った高郢《こうえい》の下であった。高郢は「経芸」、すなわち儒教の経典にもとづく創造的能力を以って、士を選ぶことを標榜《ひょうぼう》していた。この省試では先ず「性習相《あい》遠近の賦」(一四―三)を試みる。応試の者は、『論語』陽貨篇における「性は相近きなり。習いは相遠きなり」という、孔子の語の理解の上に、「性」と「習」とに関する儒教の緒経典を統合しなければならない。そして人間が本来にもつ先天性も、後天的な習慣によって、賢愚が遠く隔たるに至ることを主題としつつ、教化の道をも考察するのである。ついで「策五道」(一四九九～一五〇三)も課された。中には具体的な政策の要求もあったが、経典に係わる見識が多く試みられた。例えば『尚書』と『礼記』、また『詩経』と『周易』と『論語』との間にある、一見齟齬《そご》するようでもある命題を、いかに調和整合するかが問われた。これらすべてについて、居易は長い懸命な研鑽による個性的な見解を提出して、ついに念願の進士の科に及第したのである。人生の出発において、その内面は儒教的な教養によって濃く色づけられたのである。

**儒教によって**
**精神を形成する**

やがて吏部侍郎の鄭珣瑜《ていじゅんゆ》の下で、書判抜萃科に応じる。この書判の科は高度な行政的判断を試みるものである。中に太学博士、冑子《ちゅうし》に方を毀《やぶ》り瓦合《がごう》することを教う。司業、訓導の本に非ざる

を以って許さず。（二二八〇）

について見解を求めるものがある。「方を毀りて瓦合す」とは、已れの堅苦しさを棄てて衆人の行いに合わせることをいう。国の太学において、博士の官にある者が、そこに学ぶ者にかくあれと指導した。これに対して副学長たる司業が、訓導の原則から逸脱すると規制したのである。この両者の意見をいかに判断するかを問うのである。「方を毀りて瓦合す」は、もともと『礼記』儒行篇に載る孔子の語である。鄭注には「已れの大圭角を去りて、下《しも》衆人と小合するなり。必ず瓦合するは、亦《また》君子は道を為して人に遠ざからざればなり」とある。居易は鄭注の方向によって解釈し、司業の発言をも考慮しながら、荘重な、しかも洗練された文体の中で、儒教の立場から明晰な判断を下していた。その初め、居易は書判の科を志した時、過去の行政的な紛争、あるいは起こり得る可能性の高い問題について、百件近くを選んで予め一応の解答を準備していた。ほかならぬ「百道判」（二〇九三～二一九二）として伝えられるものである。それらはほとんど儒教的な、伝注を含めた立場から結論が出されていた。このような準備の上に、一挙にしてこの吏部の試に合格したのである。かくて秘書省の校書郎に充てられた。官僚としての第一歩を踏み出したのである。

ここでかなりの余裕のままに勉学を進め、最終試験ともいわれる、皇帝の下における制策、「才識兼ねて茂く、体用に明らかなる科」（一四九八）に挑戦する。

禍、漏壊に階《はじ》まり、兵、中原に宿せし自《よ》り、生人困竭《こんけつ》して、其の大半を耗《ついや》す。農戦は古に非ず、衣食は儲《たくわ》うること罕《すく》なし。茲《こ》の疲眊《ひぼう》を念《おも》うに、遠く富庶に乖《さか》る。耕植の業を督《ただ》すも、而も人本《たみ》を恋うるの心無し。権酤《かくこ》の科を峻《さか》しくして、而も下に重斂の困《くる》しみ有り。何《いづ》れの方を挙げてか、以って其の盛んなるを復す可き。何れの道を用いてか、其の難《くる》しみを済《すく》う可き。

を、天宝の大乱以後にわたって崩れてきた秩序の再建の方策を、皇帝自らが試問しているのである。白居易は史的事実と各種の論議とを分析しつつ、「古先の聖王の治」を振りかざし、「貞観の大楽」と「開元の盛礼」の理を求める。さらには現実に対応すべき基本的な態度を、時に『老子』をも呼び出しつつ、今に続く兵戦を止める方途に及び、事を未然に防ぐ手段、臣下の讜言《とうげん》を容れることなど、三千字に近い長大な論文を提出した。もとよりこのような政策について、居易は十分な準備を整えていた。それは『文集』の「策林七十五道」(二〇一三～二〇九二)に見える。中には「和平を致して雍熙《ようき》を復す」べき政治の態度に係わるものから、「農桑を勧めて賦税を議す」をも含み、「塩鉄と権酤《かくこ》を議し、厚斂及び雑税を議す」ものもあった。これらはすべて儒教的な立場から、当代の処置に及ぶものであった。そのような周到な用意のためか、皇帝の名による制科を、堂堂と合格したのである。白居易は各段階における科試を経て、いよいよ儒教的な理念を深く体得し、その思想でもって精神を鎧っていたのである。

## 儒教的秩序の確立をめざす

制科合格の直後、居易は京兆府の盩厔《ちゅうちつ》県尉を授けられた。その明年、かつて自らが進士のために宣州で応じた郷試に当たる、京兆の府試の、その試官に命ぜられた。ここに積み重ねた儒教的教養によって、後進の「経芸」を要求することとなる。「策問五道」の第一（一五〇四）では、『礼記』の内部における、また『周易』と『論語』との間における、矛盾するとも見える立言の微旨を考察せしめる。さらに第三（一五〇六）では、民の風俗を観るための「採詩の官」についての意見を徴する。もと「採詩」のことは、『礼記』王制篇に見え、また『漢書』芸文志に王者の制度と記されていた。その古制の復活について問うのである。このことについては、居易自らも明確な見解を持していた。例えばあの「策林」の中で、「詩を採りて以って時政を補察す」（二〇八六）の一道を設けて、「諷刺の道を開き、得失の政を察し、其の上下の情を通ずる」ものとして評価していた。ここで居易は自らの見解を吟味しつつ、儒教的な古風の再建を要望しているのである。かくて居易の儒教的な信条は、もはや揺るがぬものとなったのである。

やがて集賢殿校理に選ばれ、翰林院学士となる。ついで翰林院学士はそのままで、左拾遺に移り、皇帝の政治に参与してゆく。その仕方は自らの儒教的信念から現実を批判し、対処の方法を展開するものであった。左拾遺としての上奏の一つに、「閿郷県《ぶんきょう》の禁囚」についていうものがある。この上奏を支えているのは、「策林」の中に見える、「肉刑を議す」（二〇七〇）、「刑礼の道」（二〇七一）「獄を止め刑を措《お》く」（二〇七二）などに開陳していた見解であった。これらに通じるのは、民をして「恥じ格《ただ》さ」しめた、周の成王や康王の治における「囹圄《れいご》の空虚なること四十余年」という理想である。反論の余地のない儒教的な立場から、政治の欠落を補綴していったのである。その間、翰林学士として数多くの制詔を草したが、すべて立場は一貫していた。例えば「高郢《こうえい》の致仕を請う第二表に答う」（一八六二）である。

> 終始に道有り、進退に常有り。礼を援《ひ》き年を引き、栄を遺《わす》れ政を致す。人の止まるを知ること鮮《すく》なきに、卿独り能く行う。唯《ただ》に古風を振起するのみならず、亦《また》時俗を激揚するに足れり。

という文字も見える。「礼を援き年を引き、栄を遺れ政を致す」は、『礼記』王制篇における、「七十、政を致《かえ》す」を根拠とする。人間の行為は、経典の指示に準拠すべきものとみなしているのである。しかも経典の指示から逸脱することの少なくない、時代の風習をきびしく批判してもいる。居易の草した制詔の底に流れるのは、儒教的な「古風」を回復し、秩序を確立しようとする信条であった。

### 「風諭詩」と「閑適詩」

かくて人間の営為である文学も、経典の指示に準拠すべきものであり、「古風」に則るべきものと考えられた。このような構想は以前から成立していた。「策林」の「文章を議す」（二〇八五）でも、「歌詠・詩賦・碑碣《ひけつ》・讃詠の製、往往に虚美な

る者有り」と批判し、「恐らくは先王の文理化成の教えに非ざるなり」と抗議する。そして「先王の教え」に従えば、

文を為《つく》る者、必ず当《まさ》に質を尚《とうと》び淫を抑え、誠を著《つ》けて偽を去るべし。小疵《しょうし》小弊も、蕩然として遺《のこ》す無からん。則《され》ば何ぞ皇家の文章の、三代と風を同じくせざる者を慮《おも》んばから《こと》んや。

と結ぶ。居易においては、文学は「先王」の教示に則り、「三代の風」に復帰すべきものであった。あの「諷諭詩」はまさにこの立場で制作されたものである。「秦中吟」における「致仕せず」(〇〇七九)も、

七十而致仕　　七十にして致仕す
礼法有明文　　礼法に明文有り

と歌い起こし、「寂寞たり　東門の路、人の去塵を継ぐ無し」と収める。まさしくあの「高郢の致仕を請う第二表に答う」という詔草と相似ている。また「新楽府《がふ》」の「采詩官」(〇一七四)では、『詩経』大序の語を冒頭に掲げつつ、「十代」の間、廃絶していたこの官職を復すべきことをいい、

欲開壅蔽達人情　　壅蔽《ようへい》を開きて人情を達せんと欲すれば
先向歌詩求諷刺　　先ず歌詩に向かいて諷刺を求めよ

と結んでいる。かつて京兆の府試において、応試の者に問うた主旨と相似ている。「諷刺」こそ、「大序」にもとづく、『詩経』の精神であるとし、自らの「詩道」の核心としたのである。

このような「諷諭詩」のほかに、居易には「閑適詩」と名づける一群がある。それらについて「元九に与うる書」でいう。

> 僕の志は兼済を在《むね》とし、行は独善を在とす。奉じて之《こ》れを終始しては則ち道と為し、言いて之れを発明しては則ち詩と為す。之れを諷諭詩と謂《い》う、兼済の志なり。之れを閑適詩と謂う、独善の義なり。

この「兼済」と「独善」は『風俗通義』十反篇の「達すれば則ち天下を兼《ひろ》く済《すく》い、窮すれば則ち其の身を独り善くす」に見える。それはほかならぬ『孟子』尽心上篇を引いた語である。ただ『孟子』の「兼善」を、ここでは『風俗通義』に倣って「兼済」としたのである。「天下を兼《ひろ》く済《すく》わん」とする「志」から出る「諷諭詩」に対して、「閑適詩」は「其の身を独り善くせん」とする「行」から出るものである。前者が外に向かって世界の秩序や調和を求めるのに対して、自らの内なる心情の調和や安定を求めるのが後者である。「閑適詩」も広く見れば、儒教の立場から逸脱するものではない。早い時期の「永嵩里観居」(〇一七九)の末でいう。

寡欲雖少病　欲寡《すく》なくして少しく病むと雖も
楽天心不憂　天を楽しみて心憂えず
何以明吾志　何を以ってか　吾が志を明《あか》さん
周易在床頭　周易　床頭に在り

自らの心情の軸は、「天を楽しみて心憂えざること」にあるという。この句は結句に示唆するように、『周易』にもとづく。その繫辞上篇には、「天を楽しみ命を知る。故に憂えず」と見える。この『周易』の語こそ、自ら「楽天」と字《あざな》する所でもあった。若くして選んだ人生の原理が、ここに至って明確な自覚に達していたのである。その「楽天」の語に対応する前句の「寡欲」は、『老子』第十九章に示される、「素を見《あらわ》し樸を抱き、私を少なくし欲を寡なくす」による。『老子』の思想における生き方をも組み込みつつ、『周易』の語を据える、そのような立場から、一篇は詠ぜられていた。「閑適詩」は、いわば儒教を経とし、老荘の思想を緯として、官僚の外に拡がる、人間としての内面の調和を表白するものとして、出発していたのである。

## 老荘の思想と仏教への傾斜

ただしそれらの枠の外にも詩歌はあった。あの「長恨歌」や「琵琶引」を含む「感傷詩」や、「林間に酒を煖めんと紅葉を焼く」の句を含む「王十八の山に帰るを送る」などの「律詩」である。これらについては、

親朋合散の際、其の恨《なげ》きを釈《と》き懽《たの》しみを佐《たす》くるを取るのみ。今、銓次《せんじ》の間、未だ刪去する能わず。他時、我が為に斯文《しぶん》を編集する者有らば、之れを略して可なり。

と述べていた。その文学観よりすれば、価値低きものと位置づけられていた。若い居易にとっては、意義高き文学は、広義における儒教思想に根ざす倫理的感動によるものと見なされていたのである。

しかしこの文学観も、やがて大きく動揺せざるを得なくなる。江州司馬左遷の時期である。「元九に与うる書」では、かつて力を尽くした「諷諭詩」に対して、政を執る者とか、軍権を握る者たちから、痛烈な非難を浴びせかけられたという。かくて「我れを非とせざる者は、世を挙げて三両人に過ぎず」と嘆かねばならなくなった。

何ぞ『詩』に志有る者、不利なること此くの若きの甚しきや。

痛切な内省を強いられてくるのである。そして「始めて名を文章に得たるも、終《つい》に罪を文章に得たり」と感ずるに至ったのである。これこそ文学の危機であるのみならず、さらには人生や思想の危機でもあった。

この危機を超克するために、居易は苦渋に満ちた思索を続けてゆく。その果てに一つの手掛かりを得た。それは自らの字《あざな》の拠る『周易』である。その「天を楽しみ命を知る。故に憂えず」における、「命」の観念である。「揚虞卿に与うる書」(一四八三)でいう。

幸いの来《きた》るや、尚《なお》之れを命に帰す。不幸の来るや、命を捨てて復《また》何れに帰せんや。

といい、ついに「時に安んじ命に順い、用《も》って歳月を遣《や》らん」と覚悟するに至る。

このような「命」は『荘子』にも散見し、「命に順う」という観念も例えば徳充符篇に、「奈何《いかん》ともす可からざるを知りて、之《こ》れに安じて命に若《したが》うは、唯《ただ》有徳者のみ之《こ》れを能くす」とある。かくて「命」を媒介として、老荘の思想が次第に居易の内部で拡がってゆくのである。しかもこれを支える事情があった。ほかならぬ司馬という官職そのものであった。「江州司馬庁記」(一四七一)には、当時は「事尽く去り、唯《ただ》員と俸と在るのみ」といい、「兼済に急なる者は之れに居ること一日と雖も楽しまず」ともいう。ここに「兼済の志」は動かなくなり、「独善の行」が展がってゆくこととなる。それを推進した一つが廬山の仏教である。「郡斎暇日、廬山の草堂を憶う」(一一一二)で、「諫諍　補う無きを知り、遷移　分の当たる所。聖主を匡《たす》くるに堪えざれば、只合《ただまさ》に空干に事《つか》うべし」という生活が続くのである。

## 儒教思想の復活と変容

とはいうものの、行政なり政治なりに何らの責任を持たざるを得ぬ状況ともなれば、若い柔軟な精神を錬成し、その上を厚く覆っていた儒教の政治的思想が甦ってくる。江州司馬の期を過ごして、忠州刺史に量移された時から早くも始まる。

「東坡に花を種《う》う」(〇五四九)でも、

養樹既如此　　樹を養う　既に此《か》くの如し
養民亦何殊　　民を養う　亦《また》何ぞ殊ならん

と述べつつ、

将に枝葉を茂らさんと欲せば、必ず根株を救うを先にす。何をか根株を救うという、農を勧めて賦租を均しうす。何をか枝葉を茂らすという、事を省きて刑書を寛《ゆる》うす。此れを移して郡政を為し、庶幾《こいねが》わくは甿俗《ぼうぞく》の蘇らんことを。

と、刺史としての行政の方針を詠じていた。この「養民」の観念は、柳宗元の「種樹郭橐駝《かくたくだ》伝」における、「吾れ樹を養うを問うて、人《たみ》を養う術を得たり」にも見える。もともとこの観念は、『尚書』大禹謨篇の「徳は惟《こ》れ政を善くす。政は民を養うに在り」から出る。白居易は刺史として、行政の基本を『尚書』に求めているのである。このような傾向は、忠州より中央に召還された時も通じている。帰朝早々に「続『虞《ぐ》人の箴』」(一四二七)を綴った。穆宗《ぼくそう》の度を過ごす田獵《でんりょう》を戒める文である。『左氏伝』襄公四年に見える、周の園囿《えんゆう》を守る臣の「虞人の箴」に続けるという構想であった。またこれに似る制作に「補逸書」(一四九一)もある。逸失したと伝えられる「湯征」という、殷《いん》の湯王が「荒怠」の葛伯を征する時の声明を、『尚書』の言語形式を用いて、その書を補うものとしての辞である。先の「箴」とともに、儒教の経典に対する、熱い心情に基づく深い知識から出るものであった。かくて制誥についても、「元稹、中書舎人翰林学士に除する制」(一五七九)においても、稹について「吾が文章言語をして、三代と風を同じくせしめ、之《こ》れを引いて綸綍《りんふつ》と成し、之れを垂れて典訓と為せり」と讃えつつ、自らもその風体に従うことを志していた。「綸綍」とは、それまでに用いられたことの少ない語であり、『礼記』緇《しい》衣篇にもとづく「王言」の謂である。儒教への目ざましい回帰であった。

このような居易にとって、進士の科試をめぐる、元稹をも巻き込んだ高級官僚間の反目、また宰相たる裘度と元稹との厳しい対立、さらにはそれらの分裂にただ傍観的態度をとり続ける皇帝の消極さなど、すべて心を暗くするものであった。しかも居易の司言の職を占めるような文辞活動が忌避されることもないではなかった。居易は政治権力の裏側を見てしまったのである。邦国における「古風」の復活など、あきらめざるを得なくなったのである。

　かくて外任を求めて杭州刺史に出た。だがそこで見たのは、「飢農」であり「貧戸」であった。これを救済する方法を思いめぐらして、銭塘湖堤の増築を企画し、実現したのである。その背後には、「蕭・殷二協律に酬贈す」(〇六〇六)に、「我れに大裘《たいきゅう》有り」「絮《わたい》るるに仁を以ってし」「君が与《ため》に展《の》べて杭州の人《たみ》を覆わん」と歌い収めるような「仁」の行政による、「北風」や「沙雪」に苦しむ「黎庶」への深い配慮があったのである。この「大裘」の発想は、遡って元和初年の「新たに布裘を製す」(〇〇五五)にも、「丈夫は兼済を貴ぶ」をいいつつ、「安《いず》くんぞ万里の裘を得て、蓋裹《がいが》して四垠《しぎん》に周《あまね》く」「天下に寒人無からしめん」とあった。それ以来長らく心底に在ったのである。このような庶民への配慮は、蘇州刺史の時にも変わることはない。「郡斎に到りて自《よ》り、僅かに旬日を経たり」(二四二三)では、「敢て俗吏と称せらるるを辞さんや、且《しばら》くは疲民を活かさんと願う」と着任の行政的決意を述べている。やがて「自詠五首」(二三二〇～)では、「一郡十万戸」における「差科の頭」として、「黎庶を鞭笞するに難《なや》み」続けることを告白している。「差科の頭」とは賦役を掌る責任者である。ただし賦役についての鞭笞の悩みは、ここに始まったことではない。若いころ盩《ちゅう》厔《ちつ》の尉であったころにも体験していた。「和糴《わてき》を論ずるの状」（一九五〇）でも、「臣近ごろ畿尉為りて、和糴の司を領し、親自《みずか》ら鞭撻して、観《み》るに忍びざる所あり」と述べていた。職責として農民を鞭撻せざるを得ぬ苦衷を、長く懐き続けていたのである。渭村退居の時期には、農者として納税者となっていた。「粟を納む」（〇〇四七）では、「吏有りて夜に門を扣《たた》き、高声に粟を納めんことを催す。家人は暁を待たず、場上に燈燭を張《かか》ぐ」といい、「猶《なお》納に中《あ》たらざらんことを憂い、鞭責の僮僕に及ぶ」ことを経験していたのである。

## 農民の辛苦を歌う

ために この「鞭笞《べんち》」そのものは、自己の裁量が認められる時になると、「蒲《ほ》鞭《べん》」に代えられる。それはがまの鞭であり、罪辱を示すに止まり苦痛を与えない刑罰をいう。「温仁」の誉れのあった後漢の劉寛が始めたものである。河南の府尹として四年にわたって、居易は貫いていた。期を終えようとする「七年の春、府庁に題す」（三〇六〇）にいう。「誠を推して鉤距《こうきょ》を廃《す》て　恥を示して蒲鞭《ほべん》を用う」と。

このころ再び「大裘」についていう。「新たに綾襖《りょうおう》を製して成る」（二八九三）で、「百姓《ひゃくせい》多く寒《こご》ゆるも救う可き無し」と心を傷めつつ、

心中為念農桑苦　心中　農桑の苦を念うが為に
耳裏如聞飢凍声　耳裏　飢凍の声を聞くが如し

争得大裘長万丈　　争《いか》でか大裘の長さ万丈なるを得て
与君都蓋洛陽城　　君が与《ため》に都《すべ》て洛陽城を蓋《おお》わん

と収める。すでに触れた「大裘」の発想も、ここと共に杜甫の「茅屋《ぼうおく》、秋風の破る所と為るの歌」の、「安《いず》くんぞ広厦《こうか》の千万間なるを得て、大いに天下の寒士を庇《おお》いて倶《とも》に歓顔せん」にもとづくものであろう。ただここでは「寒」「士」のみでなく、「飢凍」の「農桑」の人びとに焦点を当てている。まさしく「歳暮」(二九七二)では、「洛城の士と庶、比屋　飢貧多し」と述べていた。行政の責任ある地位に立てば、常に「徳」と「仁」を根幹として、生活に最も苦辛する人びとの上に慮《おも》いを駆っていたのである。もとより行政の責任者たる場合に限られていたのではない。若いころ、「秦中吟」の「重き賦《みつぎ》」(〇〇九六)でも、「我れを浚《さら》えて以《も》って寵を求め、斂索するに冬春無く」、ために「幼者も形蔽《おお》わず、老者も体温《あたた》かなる無き」農民の「飢凍」を訴えていた。渭村退居の時期でも、「村居して寒に苦しむ」(〇〇四六)で、「大寒の歳」ともなれば、「農者」の甚しい「苦辛」を大声に歌っていた。これらはすべて労働の激しさや納税の酷しさに苦しむ農民への同情から出る言葉であった。農民への厚い関心は、官僚としての居易の念頭から離れたことがなかったのである。それはいわば社会的な弱者の救済への期待でもあった。

## 女性への人道的な視点

　このような傾向は、いわゆる女性問題にも見える。もともと女子は、嫁ぐ前に習っておかなければならぬことがあった。『礼記』内則篇には、それを「女子十年《さい》にして出でず」して、「女事を学ぶ」といい、「事」を揚げる。すでに漢末の作といわれる「廬江府の小吏の焦仲卿の妻の為の作」にも、「十三　能く素を織り、十四　衣を裁つを学ぶ。十五　箜篌《こうこう》を弾《ひ》き、十六　詩書を誦す」とあった。時代や境遇によって差はあろうが、これに似た習い事に熟して嫁ぐこととなる。しかしこのような事に熟しても、世情が安定せず、秩序が回復していないままに、若い女性の婚期を過ごすことが少なくなかった。「続『古詩』」第五（〇〇六九）や「秦中吟」の「婚を議す」（〇〇七五）などでも採り上げていた。かくて「友に贈る」第五（〇〇八九）で、「三十にして男は室有《つま》り、二十にして女は帰《とつ》ぐ有り」と歌い起こし、「婚姻多く期を過ごす」と嘆きつつ、政を執る者に対して「婚礼を正す」ことを求めている。婚期については、一般には一五歳から始まるが、礼典では、例えば『礼記』内則篇にも、男子は「三十にして室有り」、女子は「二十にして嫁す」とある。上限をいうものであろう。当時なお安定を欠くために、政治的な問題にもなるほどであった。しかも結婚しても、「続『古詩』」第一では、夫が「行役」に駆り出され、独り家を守る妻の「薄命」をいい、やがて「山頭の石」とならざるを得ぬ身上の嘆きをいう。「山頭の石」とは、帰らぬ夫を待ち続け、ついに夫の行方を望みつつ石に化したという「望夫石」の伝説から出る。また「新楽府《がふ》」の「母、子に別る」（〇一五七）では、遠征して軍功を立てた夫が、

「新人」を迎えて寵愛を傾け、子のある母の身をないがしろにし、ついに母子別れをさせられる妻の辛さを詠じている。たとえ宮中に召されても、皇帝の代替りや、あらぬ罪をきせられて、御陵の墓守りに当てられ、「山宮一たび閉ざされて開く日無く、未だ死せずんば此の身を出で令《し》めず」と、深い悲しみに沈む宮女を、「陵園の妾」(〇一六二)で題材としていた。かくて「婦人の苦」(〇五九七)では、「人は言う　夫婦の親、義合うて一身の如しと」。ただし今の二人は、

妾身重同穴　　妾《わ》が身は同穴を重んずるも
君意軽偕老　　君が意は偕老を軽んず

という状態となり、ついには「一たび夫を喪《うしな》えば」、

終身守孤子　　身を終うるまで孤子《こげつ》を守る

ことになるであろうと嘆く。「同穴」は墓穴を一にすること、「偕老」はとも白髪までの意。いずれも『詩経』国風篇に見える語である。夫たる者の身勝ってに対する、妻たる者の悩みを言挙げしているのである。

このような詩歌のみではなく、文辞にも関係のものがある。さきに言及した「後宮の内人を揀《えら》び放たんことを請う」(一九五五)上奏もその一つである。宮中の女性の人数が次第に多くなり、費用が増加するのみならず、「親族と離隔せられ、幽閉怨曠の苦しみ」を懐《いだ》いていることを述べ、人道上の見地から身柄を自由にすることを求めているのである。また「百道判」には夫の側から離別を要

請するのに対し、妻が不服を申し立てている場合をしばしば取り上げている。その一つに

妻を娶ること三年、子無し。舅《しゅうと》姑《しゅうとめ》将に之《こ》れを出さんとす。訴えて云う、帰するに従う所無し、と（二二六四）。

が見える。もともと妻を出すには条件があった。夫が妻を出そうとした時、妻が訴えて「七出に非ず」と提訴したことがあり、その判定（二二二八）もあるが、そこに見える「七出」が妻を離別し得る条件であった。その「七出」とは、『大戴礼』本命篇に、「婦に『七去』有り」といい、「父母に順わざれば去る。子無きは去る」から始まる七ケ条である。『唐律疏議』戸婚篇もこれを承ける。本件では「子無きは去る」という条件に該当する。しかし妻に帰るべき所がないのであるから、同じ『大戴礼』本命篇の「婦に『三不去』有り」といい、その一つの「取《めと》る所有りて帰る所無きは去らず」を承ける『疏議』戸婚篇を顧み「義」として出すには忍びない事情があるとし、「去らざるに従わんことを請う」と結論している。妻たる者の言い分を承認しているのである。また中書舎人の時、

姚《よう》文秀の妻を打殺するを論ずる状（一九九五）

もある。妻の過失に怒った夫が咎めること甚しく、殴打してついに死に至らしめた事件があった。刑部及び大理寺の決定は夫を無罪としたが、「律」の文（『唐律疏議』名例篇）の解釈に疑義を提出し、さらに「若《も》し宥免に従わば、是れ兇愚を長ぜん」と、先の決定を改め、夫を有罪とし重刑に処

することを穆宗《ぼくそう》に上奏するのである。夫の妻に対する暴力を敢えて戒めている。これらは多く夫婦たる者に一つの期待があったからである。致仕のころ、「斎畢《おわ》りて素を開き、食に当たって偶吟し、妻弘農郡君に贈る」(三五四三)に、

偕老不易得　偕老は得易からず
白頭何足傷　白頭　何んぞ傷むに足らん

の一聯がある。かつて結婚の当初、「内に贈る」(〇〇三二)で、「庶《ねが》わくは貧と素を保ち、偕《とも》に老いて同《ひと》しく欣欣たらん」と詠じていた。四〇年を越える結婚生活にも、嗣子を持ち得なかったが、ついに夫婦の和を失うことはなかった。ここでも当初の「偕老」の誓いを満たしたのを喜んでいるのである。もともと「偕老」の語は、「鄭風」女曰雞鳴篇の、「宜しく言《ここ》に酒を飲み、子《きみ》と偕《とも》に老いん」にもとづく。居易は自ら「偕老」を望むとともに、夫婦たる者にそれを期待していたのである。夫婦の問題を提起したのも、このような立場からである。それまでに類を見ないほどに、広くしかもしばしば女性問題を採り上げるのは、社会的な保障の薄い女性に対する、人道的な視点を持ち続けていたからであり、さまざまな「苦辛」を懐く女性に対する同情であり、「兼済の志」に連なることである。

## 棄民たちへの深い同情

あの「蒲鞭《ほべん》」を用いたころ、府尹の職事は、時として法条に触れたり犯した者に対する量刑の再吟味に当てられていた。「舒《じょ》員外、香山寺に遊ぶ。時正《まさ》に衙《が》に坐して慮囚す」(二三〇七)にも、「庭前階上　何の有る所ぞ、累囚　貫を成し　案堆《たい》を成す」とある。後句は囚人が列をなし調書が山積みになっていることをいう。再吟味して、寛くする方へと務めていたのである。それは篇題に「慮囚」の語を下していることによっても知られる。冤滞をなからしむるようにすることである。漢代では「録囚」といわれた。雋《しゅん》不疑が京兆尹《いん》であった時に行ったことが有名である。『周易』諸卦の「大象」に慎んで刑を用うべきことをしばしばいう。この「慮囚」のことは、前官たる刑部侍郎の時からの姿勢である。「『自ら勧む』に和す」(二二六六)でも、

勤操丹筆念黄沙　勤《つと》めて丹筆を操り　黄沙を念い
莫使飢寒囚滞獄　飢寒の囚をして　獄に滞らしむる莫《なか》れ

と結んでいた。「丹筆」は刑を正す筆。「黄沙」は牢獄の名。一聯は囚徒を獄に永く留め、飢寒の苦しみを味あわせぬようと、自らに言いきかせているのである。ただしこのような態度は当時にわかに取られたのではない。すでに「秦中吟」の「歌舞」(〇〇八三)に、日中から「歌舞」を楽しんでいる、「秋官」「廷尉」を始めとする法刑にかかわる高級官僚に対して、

豈知閿郷獄　豈に知らんや　閿郷《ぶんきょう》の獄

中有凍死囚　　中に凍死の囚有るを

と詰問していた。獄囚の悲惨な実状を早くから知悉《ちしつ》していたからである。そのような事情を述べて皇帝に考慮を求めたのが、左拾遺の当時の「閿郷県の禁囚」（一九六三）についての上奏であった。中には「積年禁繋せられ、其の妻児皆《みな》道路に乞いて、以って獄の糧に供す」、家族を巻きこんだ苦しみをも取り立てている。また「官物を欠負して塡陪す可き無く、一たび其の身を禁ぜらるれば、死すと雖も放《ゆる》されず。徳音を降さるるも、皆云う『節文に該《そな》わらず』と」とも述べていた。居易は生涯を通じて、自由を奪われ、生死の間に喘いでいる、社会から疎外されていた者、すなわち棄民とでもいうべき人びとにも、深い人間的な同情を注いでいたのである。それはまさしくあの「新たに布裘を製す」で、「丈夫は兼済を貴ぶ」といっていた「兼済の志」から出るものである。

## 生きとし生きるものへの愛

ただし「兼済の志」はここに止まるものではない。杭州刺史を退いた直後、「家を移して新宅に入る」（〇三八一）で、

十載囚竄客　　十載　囚竄《しゅうざん》の客
万里征戍児　　万里　征戍《せいじゅ》の児《じ》
春朝鎖籠鳥　　春朝　鎖籠《さろう》の鳥
冬夜支牀亀　　冬夜　支牀《ししょう》の亀

駅馬走四蹄　駅馬　四蹄を走らせ
痛酸無歇期　痛酸　歇《や》む期《とき》無し
磑牛封両目　磑牛《かいぎゅう》　両目を封じ
闔閉何人知　闔閉《こんへい》　何人か知らん
誰能脱放去　誰《た》れか能く脱放し去り
四散任所之　四散して之《ゆ》く所に任《まか》せ
各得適其性　各《おのおの》其の性に適するを得ること
如吾今日時　吾が今日の時の如くならしめん

と詠じていた。辛苦する「囚竄の客」や「征戍の児」にも同情は向かい、さらに不運な「鳥」「亀」「馬」「牛」にも熱い心が向けられているのである。「客」「児」の人にのみ限らず、「馬」「牛」の動物をも含めて、生きとし生きるものに、それぞれの本性にふさわしい生き方をさせたいという希望が見える。あの杭州刺史赴任の途上、「山雉」(〇三五二)で、

五歩一啄草　五歩にして一たび草を啄《ついば》み
十歩一飲水　十歩にして一たび水を飲む
適性遂其生　性に適《てき》して其の生を遂ぐ
時哉山梁雉　時なる哉　山梁の雉《きじ》

梁上無罾繳　梁上に罾《そう》繳《しゃく》無く
梁下無鷹鸇　梁下に鷹《よう》鸇《せん》無し
雌雄与群雛　雌雄と群雛《ぐんすう》と
皆得終天年　皆《みな》天年を終うるを得たり

と詠じていた。「草を啄み」「水を飲み」、捕らえようとする網や弓もなく、襲いかかるたかやはやぶさもいず、「群雛」を育て「雌雄」ともに「天年」を生ききる雉の生き方に、感慨を催しているのである。たとえ『荘子』から出る発想があり、宮廷の紛争からの解放感があるにしても、「山雉」の「生を遂げる」生き方を深く喜んでいるのである。この「山梁の雉」は、太子少傅《ふ》の時の「春日閑居」(三五一二) にも採り上げられている。春の池に泳ぎまわる群魚や、新しく芽ぶく林に鳴き交す衆鳥に向かいながら、

魚鳥人則殊　魚鳥　人は則ち殊なるも
同帰於遂性　同じく性を遂ぐるに帰す
緬思山梁雉　緬《はる》かに思う　山梁の雉
時哉感孔聖　時なる哉　孔聖を感ぜしむ

という。よい時期にめぐり合わせて、性を楽しむ「山梁の雉」に孔子は感動していた。末二句は『論語』郷党篇を負うものである。居易は目前の魚鳥がそれぞれに本性にかなう生き方をしている

のを見ながら、孔子がかつて雉に対して感動していた、その感動に共感しているのである。本性のままの生き方をしているのを、居易は「性を遂げる」といい、人を含めて魚鳥にも、そのような状態を望んでいるのである。ここには天空・地上・水中のすべての生きものは、それぞれに「性を遂げ」るべきものという観念が見える。

## 「万物に性を遂げしむる」理想

居易はすでに若い時代からしばしばこの「遂性」の語を使っていた。「海図の屏風に題す」（〇〇〇五）では、

鱗介無小大　　鱗介　小大と無く
遂性各沈浮　　性を遂げて各《おのおの》沈浮す

という。「『桐花』に答う」（〇一〇三）では、「紫霞の花を簇《むらが》らす」「桐」について、原唱の元稹が「刀《とう》斧《ふ》」によって「天子の琴」となされることを望むのに対して、居易は「花紫に　葉青青として」「天地の性を遂げる」ことを「桐」は願うであろうという。そしてそのような生き方を自らも「桐」に望んでいたのである。「新楽府《がくふ》」の「昆明春水満つ」（〇一三七）では、昆明池に春の水が満ちると、「千介万鱗」が生命を活動させ始め、やがて「遊魚鱍鱍　蓮田田《でんでん》たり」「洲は香《か》ぐわしくて　杜若《とじゃく》心《しん》を抽《ひ》くこと短く、沙《すな》は暖かにして　鴛鴦《えんおう》翅《はね》を舗《し》きて眠る」と詠ずる。それこそ、

動植飛沈性皆遂　　動植飛沈　性皆《みな》遂ぐ

ことである。同時にまた「魚者は仍《なお》豊かなり　網罟《もうこ》の資、貧人も又《また》獲たり　菰蒲《こほ》の利」ということとなる。池畔の漁《すなどり》の者や貧しい者も、生活の便宜を得るのみならず、「動植飛沈」いわば生きとし生きるものが、その本性のままに生きることを謳歌しているのである。かくて「天涯」「地角」、「熙熙《きき》として同じく昆明の春に似せしめん」と一篇を結ぶ。このような期待は「友に贈る」（〇〇八五）にも見える。その序に「王佐の才有り、君を致し人《たみ》を済うを以《も》って己が任と為す」友に「其の志を広む」といい、「一年十二月、毎月　常令有り」と歌い起こす。この「常令」とは必ず行われなければならぬ政令のこと。『礼記』月令篇に示されている。そこにはそれぞれの時候に相応しくなすべきこと、なすべからざることが掲げられている。

由茲六気順　　茲《こ》れに由《よ》って六気順い
以遂万物性　　以って万物の性を遂ぐ

という。「六気」とは天地間の陰陽・風雨・晦明《かいめい》の六種の気で、絡み合って春夏秋冬の四時を成す。居易によれば、この政令を遵奉して「六気」を調え、気象変異による災害を無くし、「万物」に「性を遂げ」しむることこそ、政治の理想であったのである。

この「遂性」の語を、居易ほどしばしば用いる者はない。近くでは柳宗元の「唐鐃歌鼓吹曲」河右平篇に、河西が平定されて皇沢を蒙り、「物咸《ことごと》く厥《そ》の性を遂ぐ」と見えるが、唐代を通じても稀れに用いられるほどである。遡って目止まりするのは、梁の沈約の「大観舞歌」に、「四方を奄有《えんゆう》し、天の明命を受く。物は其の本に従い、人は其の性を遂ぐ」である。そのような語に居易は倚《よ》りつつ、内実を拡げて自らの観念を表出していたのである。恐らくは先に触れた「山雉」や「続『虞人箴』」でいう「其の生を遂ぐ」を、魏の曹植の「惟漢行」における、「人の為に君長を立て、以《も》って其の生を遂げしむ」に承けつつ、儒教的な「天命之《こ》れを性と謂う」の「性」の概念を重く見て、この観念を選びとったものであろう。『風俗通義』祀典篇にも、『礼記』月令篇の「九門に磔《たく》壌《じょう》す」に関して、「万物をして其の性を遂げ成さしむ」とあった。ただその背後には、『礼記』中庸篇の「能く人の性を尽くせば、則ち能く物の性を尽くす。能く物の性を尽くせば、則ち以って天地の化育を賛《たす》く可し」があったものとも思われる。居易は常に意識をこめてこの語を用いていたのである。

### 万物が本性のままに生きることを望む

しかし現実には、「性」が「遂」げられぬ事態がある。居易がしきりにこの観念を呼び出すのもそのためである。あの「春日閑居」でも、「山梁の雉」のよい時期にめぐり合って「性を遂げ」ているのに感動したのは孔子であった。孔子もそのような生き方を求めていたのである。それが果たせぬ故に、

聖人不得所　　聖人も所を得ざれば
慨然歎時命　　慨然として時命を歎ず

といわざるを得なかったのである。「所を得る」とは相応しい所に身を置くことである。それが得られぬための嘆きであった。「魚を放つ」（〇〇五九）でも、小池に入れた魚の「水小にして池は窄狭《さくきょう》、尾を動かせば四隅に触れ」るのを見て、

　憐其不得所　其の所を得ざるを憐み
　移放於南湖　移して南湖に放つ

と。魚にとって然るべき所とは、小池ではなくて広い南湖である。「春日閑居」では、『所を得ざる」孔子に対して、「所を得て仍《なお》時を得たり、吾が生一えに何ぞ幸いなる」と喜んでいた。「所を得る」ことは「性を遂げる」ことと表裏する。というよりはむしろ、「性を遂げる」ためには、「魚を放つ」に見えるように、「所を得ざる」状態をまず解消しなくてはならない。居易がしばしばそれぞれの性に相応しい「所を得る」ことを求めるのもこの故である。もともと「所を得る」という観念は、『周易』繋辞下篇の、「各《おのおの》其の所を得たり」から出で、『論語』子罕《しかん》篇の「雅頌《がしょう》各《おのおの》其の所を得たり」に見え、やがては『漢書』成帝紀に、

　君道得るときは、則ち草木昆虫も咸《ことごと》く其の所を得。

と拡げられていた。万物がそれぞれに然るべき所に生きることが求めらるべきことであった。居易は「兼済」を魚にまで拡げて、その落ちつく所を求めしめ、天から与えられた「性」を「遂げ」させようとしていたのである。

この「遂性」の観念を、そのもの自体に即すれば、生き生きとして活動し続けることとなる。若いころの「杏園《きょうえん》中の棗樹《そうじゅ》」(〇〇五六)で、百果の中でつまらぬものと見られているなつめが、春に当たって東風に吹かれて育っているのを眺めながら、

眼看欲合抱　　眼看《みる》みる合抱ならんと欲《し》
得尽生生理　　生生の理を尽くすを得たり

と喜んでいた。この「生生の理」を、或るいは「生理」ともいいつつ、居易は時に応じて呼び出していた。江州左遷の時にも、「文柏の牀」(〇〇六〇)で、陵上の蒼蒼たる柏が、一旦伐《き》られて磨かれ、寝牀とされているが、「華彩は誠に愛す可きも、生理は甚だしく已《すで》に傷《そこな》わる」と嘆いていた。晩年の河南の府尹を罷《や》めたころ、「『四雖《しすい》』を吟ず」(二九八六)では、家計はさほど裕《ゆた》かでもなく、地位はさほど貴《たか》くはなく、年寿もさほど高くもなく、健康もさほど優れてはいないが、自らの分を顧みて、心豊かに日々を送ることのできるのを喜びつつ、

亦応得尽生生理　　亦応《またまさ》に生生の理を尽くすを得べし

と結んでいた。この「生生の理」は、『周易』繋辞上篇における、「日新之《こ》れを盛徳と謂う。生生之れを易《えき》と謂う」の「生生」にもとづく。韓康伯は「陰陽転易して以って化生を成す」と注する。万物が常に生じて、しかも活動してやまぬことをいう。まさしく『易』の根本的観念である。そのような観念を採り上げているのである。これこそあの「遂性」の内実であった。人間はもとより、草

木虫魚に至るまで、それぞれに相応しい所に身を置き、生きとし生きるものが、本性のままに生き、天地の大徳たる「生生の理を尽くし得る」世界を、白居易は翹望《ぎょうぼう》していたのである。

## (二)　老荘的人生観

### 道教の推奨

かつて玄宗は老子を仰いで「大聖祖」と称し、宮廟を建てて「大道元元皇帝」と尊号を贈った。また荘子に「南華真人」を追贈した。そしてそれぞれの書を『道徳経』『南華真経』と名づけた。さらに『文子』『列子』を加えて、長安と洛陽とに崇元学を開き、博士や助教を置いて学生に習わしめた。後、長安の宮廟を太清宮《たいせいきゅう》、洛陽のそれを太微宮、天下諸道のそれを紫極宮に改めた。ことに『道徳経』に深い関心をもち、『御注道徳経』を撰し、十道に伝写して宮観に置かしめた。なおこれらの学成る者には、明経科に準じて挙人とした。やがて孔子とともに老子を「教首」とするという詔勅までも発した。このような『老荘』尊重の風気は、後長く続いてゆく。公主の女冠となる者も少なくなく、そのたびに道観も築かれていった。ために時には造観の時期や規模について、百姓の労働を奪い、庶民の宅地を侵すことに疑義が起ることさえあった。老荘思想の推奨は、国家的な事業となってきたのである。徳宗に至っては、自らの降誕日に、沙門と道士とを宮中の麟徳殿に会し、仏教と道教について講論せしめた。宮廷におけるこの二教の講論は、道教の地位をさらに高めた。やがて貞元一二（七九六）年には、儒教をも加えた。三教の講論は徳宗や廷臣の前において十二人が参加した。儒士としては給事中の徐岱《じょたい》を始めとして四人が参加した。みな学が広く識が高く、人望のある人びとであった。その講論について、『冊府元亀』誕聖篇には、

数十人、遞《たが》いに講座に昇り、三教を論ず。初めは矛戟《ぼうげき》の森然《しんぜん》たるが如く、相向かう後は、江河の同じく海に帰するに類す。

と記録されている。老荘を中心とする道教は、すでに大きな体系を持っていた仏教と互角に論争し、国教として承認されていた儒教と実質的に並べられるに至ったのである。

## 老荘思想の政治的意義

このような動向の中で、貞元一五年に進士の科に応じようとした白居易は、「玄珠を求むるの賦」(一四一五)を書いた。そこで『老子』の「玄の又《また》玄」に見える「玄」の観念を展開し、『荘子』に見える「虚白」の観念を採り上げ、「漆園《しつえん》の言を悟らば、玄珠の極に臻《いた》る可し」と結んでいる。「漆園」とは荘子を指す。このような老荘への関心から、「大巧は拙なるが若《ごと》しの賦」(一四一七)も書かれた。この「大巧は拙なるが若し」とは、真に巧妙なものは、俗眼には粗拙にも見える、という意であり、もともと『老子』第四十五章の語句である。ここで居易は、『老子』における「無為」や「無心」、さらに「大盈《たいえい》は沖《むな》しきが若し」などの語句を引用しつつ、常識が事象の表層、すなわち「小巧」に惹かれるのに対し、材質を生かすとい

う虚心の立場から見れば、真相は逆のものともなるという見解を表明している。こうした老荘への理解は、やがて政治の局面へと展げられてゆく。例えば「策林」における「黄老の術」(二〇二八)である。「黄老」とは『史記』に再三見えるように、老子に黄帝を冠した語である。一篇の主旨は、「『寛簡』を尚《とうと》び、『清浄』に務むれば、則ち人《たみ》は倹朴にして俗は和平」になるということである。それこそ「黄老の道」にほかならぬという。その「道」の核心は、『老子』第五十七章にいう、

我れ無為にして民自ら化し、我れ静を好んで民自ら正しく、我れ無事にして民自ら富み、我れ無欲にして民自ら樸なり。

にあるという。そして堂から降らずして単父《ぜんぽ》をよく治めた宓子賤《ふくしせん》、清浄を以《も》って聞こえた東海の太守の汲黯《きゅうあん》、治道に静を貴ぶ信条を貫いた曹参《そうさん》、専ら徳化を先にして刑罰を用いなかった漢の文帝など、史実を挙げて証しだてている。いわば老荘の思想の政治的意義を論じているのである。

## 渭村退居を契機に老荘へ傾斜

ただしこのような老荘の思想は、なお観念的な側面に止まっているようである。それはやがては自らの人生の態度に連なってくる。すでに「閑適詩」の「永崇里観居」(〇一七九)で触れたように、『老子』第十九章の「寡欲」の観念が、自己の人生を律するものとして採り上げられていた。もともとこの「永崇里観」とは、居易の生まれた当時の代宗の娘の華陽公主追福のために、永崇坊に建てられた宗道観のことである。ここ

で前引の「策林」における「黄老の術」も綴られていたのである。やがて翰林学士の時の「夏日に独り直す」（〇一九二）では、

澹然無他念　澹然《たんぜん》として他念無し
虚静是吾師　虚静は是れ吾《わ》が師
形委有事牽　形《み》は有事に牽《ひ》かるるに委《まか》すも
心与無事期　心は無事と期す
中臆一以曠　中臆《ちゅうおく》一《ひと》えに以って曠《むな》しく
外累都若遺　外累　都《すべ》て遺《わす》るるが若し

とも詠じる。「澹然」は『荘子』天下篇に「澹然として独り神明と居る」に見え、「虚静」は「老子」第十六章の「虚を致すこと極まり、静を守ること篤《あつ》し」にもとづく。心の虚しさと静かさを保つことを常に勉《つと》めようというのである。「有事に牽《ひ》かる」とは、現に官職に従っていることをさす。「無事」とは先に言及したように『老子』に見える語。「外累」は身外の世界にかかわる煩わしさをいう。この三聯こそ、末で「情性　聊《いささ》か自ら適す」と総括するように、まさしく老荘の思想に裏づけられた心境の表白である。「自適」は自己本来の気持ちにぴったりしていることで、老荘、ことに荘子の思想における重要な観念の一つだからである。

このような老荘の思想への傾斜は、渭村退居を契機に一挙に深まる。それは肉身の死に遇い、人

間における死そのものに切実に向かうことから始まる。「金鑾子《きんらんし》を念う」（〇四六八）でいう。

形質は本《もと》実に非ず、気聚《あつま》りて偶《たま》たま身を成す。恩愛は元《もと》是れ妄《ぼう》、縁合して暫く親と為るのみ。

茲《こ》れを念うて庶《ねが》わくは悟る有りて、聊かも用《も》って悲辛を遣《や》らんと。

体はもともと実存のものではなく、天地の気が凝《こ》って偶然に身となっただけであるから、恩愛を軸とする骨肉の親もまた虚妄のものにすぎぬという。『荘子』知北遊篇に、

人の生は気の聚《あつ》まれるなり。聚まれば則ち生と為り、散ずれば則ち死と為る。若《すなわ》ち死生は徒為《た》れば、吾《わ》れ又《また》何をか患《うれ》えん。

と説かれていた。このような観念は漢代にも引きつがれていた。『論衡』論死篇にも「人の生くる所以《ゆえん》の者は精気なり」「人死すれば血脈竭《つ》き、竭くれば精気も滅《めっ》す」とある。居易はこのような理によって死を考えてゆく。かつて親友の「劉敦質《りゅうとんしつ》を哭し」（〇〇一六）、「如何《いか》んぞ 天弔《あわ》れまず、窮悴して身を終うるに至らしむ」と嘆いていた。そこでは人の死はすべて「天」の意志によるものとしていたのである。しかし今はそのようには考えない。『荘子』の理に従って「悲辛を遣ろ」うとつとめるのである。

## 官僚時代の内省をこめて

もともとここ渭村は、京都とは全く異なる田園であり、その生活は多少の土地に拠る農者としての日びである。かくて「遺懐」（〇二三〇）で

は、

寓心身体中　心を寓す　身体の中
寓性方寸内　性を寓す　方寸の内
此身是外物　此の身　是れ外物
何足苦憂愛　何んぞ苦《ねんご》ろに憂愛するに足らん

と歌い起こし、さらに

況有仮飾者　況んや仮飾なる者有り
華簪及高蓋　華簪《かしん》と高蓋《こうがい》と
此又疏於身　此れ又《また》身より疏《うと》く
復在外物外　復《また》外物の外に在り

と続ける。「外物」とは『荘子』外物篇から出る。心性の外なる諸物を指す。心性を重んずる立場から見れば、身体さえも「外物」であるうえは、それを「仮飾」する官職や地位も、またそれらを示す服飾や軒車《けんしゃ》など、「外物」の更なる「外物」にしかすぎない。これらを得ると職責のために心性を労し、これらを失えば悲嘆する。名利の得失こそ心性の害となるという。かくて

自得此道来　此の道を得し自《よ》り来《このかた》
身窮心甚泰　身窮すれども心甚だ泰《ゆた》かなり

と結ぶに至るのである。ここには田園の生活から導かれた、かつての官僚生活への内省が閃めいており、老荘思想へのいよいよなる志向が見える。

やがて「几《き》に隠《よ》る」（〇二三二）も綴られる。『荘子』斉物論篇の冒頭の、「几に隠りて坐す」から取られた語である。一篇は『荘子』の思想に徹することから詠ぜられている。

身適忘四支
心適忘是非
既適又忘適
不知吾是誰
百体如槁木
兀然無所知
方寸如死灰
寂然無所思
今日復明日
身心忽両遺

身適して四支を忘れ
心適して是非を忘る
既に適して又《また》適を忘れ
吾《わ》れの是れ誰なるかを知らず
百体は槁木《こうぼく》の如く
兀然《こつぜん》として知る所無し
方寸は死灰の如く
寂然として思う所無し
今日復《また》明日
身心忽《こつ》として両《ふた》つながら遺《わす》る

首四句はまさしく『荘子』達生篇の「足を忘るるは屨《くつ》の適なり」と始まり、「知の是非を忘るるは心の適なり」を中にしつつ、「未だ嘗て適せずんばあらざる者は忘適の適なり」と結ばれる一段を踏んでいる。さらに「槁木」も「死灰」も、「几に隠る」という篇題にもとづく斉物論篇に見え、前者は立ち枯れの木、後者は火の気のなくなった灰をいい、不動と無心のさまに擬《たと》えられる。この二語に関連して、「今者《いまは》、吾《わ》れ、我れを喪《うしな》えり」とも見える。本篇における先の「吾れの是れ誰なるかを知らず」と、後の「身心忽として両つながら遺る」を呼び起こす語である。一篇は渭村における内面の観照である。この前後には儒教的な思惟はさほど強くない。ここで「是非を忘る」というものの、それは『孟子』公孫丑《こうそんちゅう》上篇の「是非の心無くんば人に非ざるなり」という発言の逆説でもある。まこと当時は「是非の心」さえ打ち棄てる心境に至っていたのである。

## 「委順」という人生態度

このような境涯から、しばしば「坐忘」の語をも口にし始める。例えば「冬夜」(〇二六二)では、

長年漸省睡　　長年漸く睡《ねむ》りを省き
夜半起端坐　　夜半起きて端坐す
不学坐忘心　　坐忘の心を学ばずんば
寂寞安可過　　寂寞　安《いずく》んぞ過ごす可けん

という。「坐忘」とは『荘子』大宗師篇に見え、端坐したまま虚心にして執着する所がなく、融通無碍《むげ》の境地に達することである。冬の永い夜に風が荒《すさ》び、その風が雪を伴う時には、なかなか眠

られぬこともある。その侘しさを救う方法として「坐忘」を試みるのである。また兄弟が訪れて歓びを共にした後に、独り夜に坐していると、恐ろしい孤独感に襲われる。そのような時にも、「心を洗う法」として、「念いを廻《めぐ》らして坐忘に入ら」ざるを得ぬと、「兄弟を送りて廻る」(〇四五六)ではいう。このような老荘思想への彷徨と沈潜の中で、漸く一つの方向を探り当てることができた。「帰田」(〇二四六)では、先ず「窮通は相倚伏す」と観ずる。かつて皇帝の近侍の臣であった身が、今はこの渭村の農者となった転変を意識しつつ置かれた句である。『老子』第五十八章の「禍は福の倚る所、福は禍の伏する所。孰《たれ》か其の極を知らん」に拠る表現である。かくて「変化」はすべて甘受すべきであると悟ってゆくのである。

化吾足為馬　吾《わ》が足を化して馬と為さば
吾因以行陸　吾れ因りて以《も》って陸を行かん
化吾手為弾　吾が手を化して弾《たま》と為さば
吾因以求肉　吾れ因りて以って肉を求めん
形骸為異物　形骸は異物為《た》れば
委順心猶足　委順せば心猶《なお》足るべし

という境涯に辿りついたのである。前四句は『荘子』大宗師篇の「浸《ようや》く仮《か》えて予《わ》れの左臂《さび》を化して以って雞と為さば、予《わ》れ因りて以って時夜を求めん。浸く仮えて予れの右臂を化して以って弾《はじきだま》と為さば、予れ因りて以って鴞炙《きょうしゃ》を求めん」の発想を承ける。「鴞炙」はふくろうの焼き肉。自然の運びに順応してゆくのが心の安定を得る道であるというのである。もともと「委順」は、『荘子』知北遊篇の「性命は汝が有に非ず。是れ天地の委順なり」にもとづくが、いささか意味を加えて、居易はこの後しばしばこの語を想い起こすこととなる。ここで自然のなりゆきに従うという人生態度が見出されたのである。かくて服喪の期が過ぎてもなお渭村に留まり、翌年になってからようやく都へ帰還することとなった。与えられたのも、太子左賛善大夫という閑職であったが、居易はそれをもそのままに受け容れてゆくこととなる。

## 「命に順う」という観念

名教の罪人として、行政から疎外されて司馬となった江州の貶謫《へんたく》の身上に、老荘の思想はいよいよ根を張ってゆく。かつて渭村にいたころ、「拙を養う」（〇二〇〇）の中で、「迢遙として為す所無く、時に五千言を窺う」と詠じていたが、ここ江州では「早春」（〇二八八）で、

官舎悄無事　　官舎悄として事無く
日西斜掩門　　日西にして斜に門を掩《おお》う
不開荘老巻　　荘老の巻を開かずんば
欲与何人言　　何人と言わんと欲する

という。「五千言」といっていた『老子』と、『荘子』とが対話するものとなってきたのである。そうした生活の中で、「楊虞卿に与うる書」(一四八三)も書かれた。「楊虞卿」は妻の従父兄である。

寵辱《ちょうじょく》の来るも驚怪に至らず、亦《また》足下の素《もと》より知る所なり。今は且《ま》ず時に安んじ命に順い、用《も》って歳月を遣《や》る。或るいは免罷の後、以って自由を得れば、江湖に浩然として、此れより長往せん。死すれば則ち魚鼈《ぎょべつ》の腹に葬られん。生くれば則ち鳥獣の群れと同《とも》にせん。

「寵辱の来るも驚怪に至らず」は、『老子』第十三章の「寵辱驚くが若し」を反用する。「辱」はここでは貶謫のことを強く響かせている。「死すれば則ち魚鼈の腹に葬られん」の二句は、まこと人の目を止まらせるが、それこそ「時に安んじ命に順う」という観念から導かれたものである。もともとこの観念も、前引の大宗師篇の、「右臂を化して以って弾と為さば、予《わ》れ因りて鴞炙を求めん」に続く、「時に安んじ順に処れば、哀楽入る能わざるなり」に拠るものである。ただしこの「命に順う」という観念こそ、渭村の当時に見出された「委順」の延長なるものにほかならない。「自然のなりゆき」を掌るのは、『荘子』によれば「造化」だからである。

## 委順・委化・順命

やがて「戸部の崔侍郎に答える書」(一四八七)が綴られる。「崔侍郎」とは翰林学士の時期の先輩であった崔群のことである。

鵩《ふく》鳥前に集まり、枯柳肘に生ずと雖も、其の心を動かす能わず。而《しか》るを況《いわ》んや進退栄辱の累をや。

という。楊虞卿への書の「寵辱の来るも驚怪に至らず」を展《ひろ》げたものである。「鵩鳥」は漢の賈誼《かぎ》の「鵩鳥の賦」に、命の短さの予兆たる不祥の鳥とされていた。また「枯柳」は『荘子』至楽篇に「俄《にわか》にして柳其の左肘に生ず」とある、寿の尽きることを響かせるものである。二句は人の測り知り得ぬ自然の変化をいい、一段は思いもかけぬ死に面しても、いささかも心を動揺させぬことをいう。それはひたすらに、

　黙黙兀兀《ごつごつ》として、順に委せ化に任せるのみ。

という姿勢によるものであった。ここで「順に委す」というのは、「化に任す」と構造が同じ語で、相似た観念であろう。ほぼ同じ時期に詠ぜられた「奈何《いかん》ともす可き無きの歌」(二四三一)には、「千変し万化すと雖も、一順に委して以って之れを貫く」と見える。「委順」の「順」は「造物者」に運載される自然のなりゆきであり、「委」はそれに委せ従うことである。すでに触れた、滑村当時の「帰田」における「委順」も、すでにこの観念を表すものであったと思われる。先の「化に任す」もこの「歌」においては、「何ぞ道と逍遙し、化に委せて従容《しょうよう》たらざる」と、「委化」といわれている。まさしく類語であり、「造物」の掌る変化に順応することをいう。「歌」は「委順」と「委化」を、「書」は「委順」と「委化」にかける態度を、確かに宣明していた。かくて「自ら誨《おし》う」(二四三二)では、「楽天よ、楽天よ」と自らに呼びかけ、

爾今爾後、汝宜しく飢えては食い、渇しては飲み、昼にして興《お》き、夜にして寝《い》ぬべし。浪《みだり》に喜ぶ無し、妄《みだり》に憂うる無かれ。病まば則ち臥し、死せば則ち休せよ。

という。いわば老荘の思想に居据ったとも見える境涯に達したのである。あの「死せば則ち休せよ」は、後の「逸老」(三五二八)の自注に、『荘子』大宗師篇に見える、

(大塊、我れを載するに形を以ってし、我れを労するに生を以ってし、我れを逸するに老を以ってし、我れを息するに死を以ってす。

を引いている、死に就くことで休息させる句に拠ることによっても知られよう。「息」を「休」に作るのは脚韻のためにすぎない。その初めの「委順」は、時に「順命」となり、時に「委化」となり、居易の胸中深く畳なわるのである。かくて「江南に謫居す」(一〇〇八)も詠ぜられ、

行蔵与通塞　行蔵と通塞と
一切任陶鈞　一切　陶鈞《とうきん》に任す

と結ぶ。「行蔵」は出処進退、「通塞」は運不運。「陶鈞」は陶器を造るろくろのことで、世界の事象を生化するものの意。『荘子』大宗師篇には、「我れを息するに死を以ってす」の一段を括る語として、「天地を以って大鑪《たいろ》と為し、造化を以って大冶《だいや》と為さば、悪《いず》くにか往くとして可ならざらんや」ともある。二句は人生行路における出処進退や運不運など一切のことを、造化の運載に委すと言い切るに至るのである。このように老荘の思想は、汚辱にまみれた左遷という危機に当たって、

居易を導いたのである。もとより老荘の思想そのものの全面的な受容、あるいは核芯的な把握とは言い難いであろうが、「委順」という方向が居易を支えるものとなっていたのである。そして以後も永く居易において保ち続けられてゆく。いわば人生の方針とまでなってゆくのである。

## 江州司馬以来の人生観

司馬の任期をはるかに越えて、ようやく忠州刺史へと移された。そこでも「懐を遣《や》る」（〇五六一）において、

自茲唯委命　茲《こ》れ自《よ》り唯《ただ》命に委せ

名利心双息　名利　心　双《なら》びに息《や》む

という。「委命」はいわば運命に委せることであり、自然のなりゆきに従うことである。さらには「委順」そのものを篇題とする詩篇（〇五六八）をも綴る。

宜懐斉遠近　宜しく遠近を斉《ひと》しうせんことを懐《おも》い

委順随南北　順に委せて南北に随うべし

前句は『荘子』斉物論篇の、道を体した境地では、一切の物に優劣はない、という立場から出されたものであり、後句は南遷北帰すべてを天運に委せるのがよいというのである。ここでも「順に委せ」ることをとり立てて述べる。晩年致仕のころ、「酔中、上都の親友の書を得るに、予が俸を停めらるること多時なるを以って、貧乏を優問す」（三五八七）の中で、長い官僚生活を回顧し、「一生

酒に耽けるの客、五度　官を棄つるの人」と自らを呼ぶ。その自注に「蘇州、刑部侍郎、河南尹、同州刺史、太子少傅《ふ》、皆《みな》病を以って免がるるなり」の語を加える。人から見れば蘇州刺史という好ましい地位であっても、「去歳、杭州を罷《や》め、今春、呉郡を領す」（二四一七）で、「那《な》んぞ　最劇の郡を将《も》って、苦慵の人に付与する。豈に詩を吟ずる者の、持節の臣為《た》るに堪えうる有らんや」と、重い気持ちながら朝命なればと承けてゆくのである。ただ朝命を一度だけ辞することがある。同州刺史の場合である。大和の末年、六四歳の九月のことである。時に「詔して同州刺史を授けられしも、病んで任に赴かず」（三二二四）がある。同州はすでに触れたことがあるように、居易とゆかり深い韓城を管轄し、かつては渭村を含む下邽をも差配した所であった。しかし「身力の衰えたるを其如《いか》んせん」と辞したのである。もとより洛陽に「長帰」することを決意し、この春にも渭村に旅してその決意を確認したことが、辞任の背後にあったことは言うまでもない。それから半年後、あの「甘露の変」が起こったのである。これが「委順」から離れた唯一の事実であった。「委順」は江州司馬以来の居易の人生をほぼ貫いていたのである。

## 虚舟・忘機・任運

この後退することがない「委順」の想念の中で、「虚舟《きょしゅう》」の観念がしばしば浮上する。例えば杭州刺史当時の「秋寒し」（一三二七）の五律は、

澹然方寸内　　澹然《たんぜん》たる方寸の内

唯擬学虚舟　　唯《ただ》虚舟を学ばんと擬す

と結ばれる。「虚舟」は『荘子』列禦寇篇の「汎《はん》として繋がれざる舟の虚しく遨遊《ごうゆう》する者の若し」より出る。繋がれていない舟が行方を定めずに漂うように、虚心でこの世に遊ぶという意である。山木篇でも「虚船」という譬喩がある。居易はそのような「虚舟」の生き方をしたいと独語するのである。以後も「虚舟」を呼び求める。致仕直前の「懐を詠ず」(三三三一)でも「心は虚舟の水上に浮かぶが似《ごと》し」という。「委順」と隣りする観念である。この「虚舟」と並んで、しばしば居易が提出する観念は、「機心」の棄却である。早い例としては太子賛善大夫当時の「朝より廻りて城南に遊ぶ」(〇二七三)に「機心一《ひと》えに以って尽く」とある。その「機心」は、『荘子』天地篇の「機械有る者は必ず機事有り。機事有る者は必ず機心有り」より出る。「機械」はからくりであり、「機心」はからくり心である。それは自己の志望を達しようとして策を弄することにもなる。そのような私心を棄却することを「忘機」という。蘇州刺史当時の「江上にて酒に対す」(二四九九)では、

忽忽忘機坐　　忽忽《こつこつ》として機を忘れて坐し

伥伥任運行　　伥伥《ちょうちょう》として運に任せて行く

と詠ずる。「忘機」はまさに「任運」と表裏する観念である。洛陽の太子賓客として「酒に対す」(二六七六)を詠じて、

巧拙賢愚相是非　　巧拙賢愚　相是非するも

何如一酔尽忘機　一酔して尽く機を忘るるに何如《いかん》ぞや

という。次第に烈しくなってきた二李朋党の権力斗争に超然たる身の処し方をいうのである。かくて遂に自らを「(白老は）忘機の客」(三二八九) と称するに至る。ただ自ら地位を求めたことが全くないのではない。杭州刺史を終えた時、太子右庶子に除せられ、洛陽に到った際、本来ならばそのままに長安に赴任すべき所、宰相の牛僧孺に私的に希望を述べた場合である。「東都に分司たらんことを求めて牛相公に寄す」(二三七七) に見える。牛僧孺は元和三年の制科において、考官であった居易が選び出した及第者であった。しかしここでは友誼に頼って官職の昇格を求めたのではなく、長安における正官よりも閑地洛陽における分司を望んだに過ぎない。「機心」による行為とは全く別の事であった。

## 寡欲・知足

このような自戒を保ち続けられたのは、もと「寡欲」なることを信条としていたからである。「寡欲」はすでに触れたように『老子』の「私少なくして欲寡《すく》なし」から出る。その方向をつきつめれば、「止足を知る」ことである。刑部侍郎として長安に在る時、周囲の朝士の利権を求めて往来し、時に失脚するのを眺めつつ、「『櫛沐《しつもく》して道友に寄す』に和す」(三二五二) で、

但且知止足　但且《ただ》に止足を知らば

尚可銷憂患　　尚《なお》憂患を銷《け》す可し

と自らの信条を述べていた。二句は『老子』第四十四章の「足るを知れば辱しめられず。止まるを知れば殆《あや》うからず」を負う。かくて名利の都たる長安を棄て、洛陽への「長帰」を決意したのである。その洛陽の生活は、「冬日早に起きて閑詠す」(二九七二)で、

晨起対爐香　　晨《あした》に起きて爐香《ろこう》に対し
道経尋両巻　　道経　両巻を尋ぬ

というように、『老子道徳経二巻』に真向かうことが多かった。そこで確認されたのは、

五千言裏教知足　　五千言裏　知足を教う

と「微之に留別す」(二四九六)でいっていたように、「足るを知る」ことである。「止まるを知る」ことは、「足るを知る」ことに収斂《しゅうれん》されてくる。こと更《あらた》めて「知足の吟」(二三八〇)さえも詠ずるのはこのためである。かくて「狂言して諸姪に示す」(三〇四八)では、

如我優幸身　　我が優幸の身の如きは
人中十有七　　人中　十に七有り
如我知足心　　我が足るを知る心の如きは
人中百無一　　人中　百に一も無し

と言い切ることができたのである。「知足」の観念は、洛陽における居易の内面に深く根を張って

いたのである。「委順」や「忘機」という、何ほどか外に連る観念も、ここではすでに内なる自律の原理に支えられていたのである。居易の晩年は、「委順」を基盤とするこの「知足」によって導かれてゆくのである。

## 知足にもとづく自適

「九年十一月二十一日、事に感じて作る」（三三二八）で詠ずる。

禍福　茫茫　期す可からず、大都《おおむ》ね早退は先知に似たり。君が白首にして同じく帰する日に当たり、是れ我れ青山に独り往く時。顧みて素琴を索《もと》むること応に暇《いとま》あらざるべし、黄犬を牽《ひ》かんことを憶《おも》うも定めて追い難し。麒麟は脯《ほ》と作り龍は醢《かい》と為る。何ぞ泥中に尾を曳く亀に似《し》かん。

篇題の「九年十一月二十一日」とは、いわゆる「甘露の変」が勃発し、廷臣と宦官との激しい権力闘争のため、ついに宰相以下の高位高官が殺戮された当日である。「麒麟」や「龍」の運命を悼むとともに、泥塗の中で性分のままにはい廻っている「亀」の生き方を肯定するのである。結句は『荘子』秋水篇の、「吾《わ》れ将《まさ》に尾を塗中に曳かんとす」に拠る。首句の「禍福　茫茫　期す可からず」は、先に言及したように『老子』第五十八章に拠る発想である。一篇は「早く退く」ことを中軸にした、老荘の思想にもとづく感慨である。その「早く退く」とは「止まるを知る」結果であり、その底には「足るを知る」ことがある。本篇を突き上げたのは、「知足」の境地である。このような「知足」の境地から詠ずる詩歌は、この前後に数多く畳なわっている。後世のある文学批評家が「千篇一律」というほどに。それらは洛陽長帰に先んずる「宝暦二年八月三十日の夜、夢の後の作」(二五〇七)に、「忘るる莫《な》けん　全呉館中の夢、嶺南の泥雨　歩行の時」というように、「世網」にかかる恐れを無意識の底に秘めていたためかも知れぬ。あるいは「酔吟先生伝」(二九五三)で「自適」を言挙げすることにより、いずれの朋党にとっても、無害の存在と認めさせる意図があるためと、詮索することもできるかもしれぬ。ただし「千篇」も重なることによって、重ね衣のような特殊な色合いを濃く現してくるのである。それはほかならぬ「自適」の色彩そのものである。かくて「知足」にもとづく「自適」の態度であっても、それを強調することは、他にとっては一つの批判とも受けとられる。ことに本篇のような、中央における権力志向によって動く人びとへ、一定の距離を保つとも見られもする作を「千篇」の中に所々に含むことによって、「千篇」そのものも、濃淡の差こそあれ、そのような一群と見られもする。その視点からすれば、居易にとっていくら詠じても詠じ足りないこととなろう。洛陽の退去も、実は「知足」すなわち「自適」の者の、「機心」を懐く人びとへの反発の行動という意味さえもってくるのである。

### 人生を老荘の立場から見据える

やがて居易は風疾に冒され、やや間を置いて小康を得る。時に「老病相仍《よ》る。詩を以って自ら解《と》く」(三四四〇)を詠じ、

栄枯憂喜与彭殤　　栄枯憂喜と彭殤《ほうしょう》と
都似人間戯一場　　都《すべ》て似たり　人間《じんかん》の戯《ぎ》一場
虫臂鼠肝猶不怪　　虫臂鼠肝　猶《なお》怪しまず
雞膚鶴髪復何傷　　雞膚鶴髪　復《また》何ぞ傷まん

と起こす。首一聯は栄枯も憂喜も寿夭も一幕の戯劇に似て、すべて実体なるものではなく、さほど重視するに足りないという意である。あたかも『荘子』斉物論篇に示されるように、荘周が蝶となり、蝶が荘周になっていたかのように、いずれも「実に非ずして空なる」ものだからである。次一聯もまた『荘子』大宗師篇の「偉なる哉、造化は」と始まる、「女《なんじ》を以って鼠の肝と為さんか。女を以って虫の臂《うで》と為さんか」を踏みつつ、「老病」のことをも響かせて、「造化」のなすがままに任せて、いささかも驚き悲しみもしないというのである。全く老荘の立場から人生そのものを見ているのである。まさしく居据った者の感慨である。さらに一篇は続けていう。

昨因風発甘長往　　昨《さき》には風の発するに因りて長往に甘んじ
今遇陽和又小康　　今は陽和に遇《あ》いて又小《すこ》しく康《やす》し

還似遠行装束了　　還《ま》た似たり　遠行の装束し了《お》わるに
遅回且住亦何妨　　遅回《ちかい》して且《しばら》く住《とど》まるも亦《また》何ぞ妨《さまた》げん

死を覚悟はしていたものの、今は少しく快方に向かってきた。譬えば遠い旅立ちの仕度を整えたが、都合によって一時見合わせるように、いささかこの世に留まっているのも悪くない、というのである。死線を越えて醒《よみがえ》ったのであるが、蘇生の喜悦や今後の不安もさらさらない。全く「造化」にすべてを委せた平安ささえ覗《うかが》える。先の二聯と合わせて、「委順」「任化」の徹底さがある。驚くべき境地に達していたのである。このような境地はただここのみに見えるのではない。「逸老」（三五二八）でも、

眷属偶相依　　眷属《けんぞく》は偶《たま》たま相依《よ》るのみ
一夕同棲鳥　　一夕に棲《す》まいを同じうする鳥のごと
去何有顧恋　　去るも何ぞ顧恋すること有らん
住亦無憂悩　　住まるも亦《また》憂悩する無し

といい、「生死すら尚復《なおまた》然り」と言い切り、

是故臨老心　　是の故に臨老の心
冥然合玄造　　冥然《めいぜん》　玄造に合す

と結ぶ。「生死」も「顧恋」「憂悩」する所ではなかった。「玄造」すなわち玄化の意図と冥合し得

た心境からの発言である。迫ってくる自己の死をも造物者の立場で穏やかに凝視していたのである。白居易の老荘の思想によって到達した究極の人生観である。

### 心のどかなれば歳月長し

このように居易の心性には、老荘の思想が深く食いこんでいた。しかし『老子』『荘子』から流れ出る、いわゆる「不老長生」の仙道には一定の批判を持っていた。早いころの「仙を夢む」(〇〇〇五)では、「悲しい哉　仙を夢むの人、一夢に一生を誤る」と嘆いていた。また「新楽府」の「海漫漫たり」(〇一二八)では、「何ぞ況んや玄元聖祖の五千言、薬を言わず、仙を言わざるをや」と詠じていた。ただ「死籍を逃《のが》る可き」「焼薬」については、一時、心を向けたこともないではなかった。「微之と同《とも》に郭虚舟錬師に贈別す」(二二〇一)には、江州司馬当時、贈られた『参同契』に拠り、仙薬を錬ったが、ついに錬り上げることの難きを悟ったと詠じていた。かくてその直後、「酒に対す」(一〇三四)で、「参同契裏　心を労する莫れ」と自らを戒めていた。それから長く過ぎた大和末年の「旧を思う」(二九八一)でも、

> 退之は流黄を服するも、一たび病んで訖《つい》に痊《い》えず。微之は秋石を錬りしも、未だ老いずして身溘《こう》然《ぜん》たり。杜子は丹訣を得て、終日腥羶《せいせん》を断つ。崔君は薬力を誇り、冬を経て綿を衣《き》ず。或るいは疾《や》み或るいは暴《にわか》に夭《よう》し、悉《ことごと》く中年を過ぎず。唯《ただ》予《わ》れ服食せず、老命反って遅延す。

と詠じる。「退之」から「崔君」まで、すべて教養高く、しかも居易の親知の旧友であった。その

諸旧がことごとく「汞《みずがね》と鉛《なまり》」によって死籍に入っていたのである。その二物を道家は鼎に入れて丹薬を錬り、長生のために服用していた。しかし居易はすでに関心をもたなかった。「北窓に閑坐す」（二五八八）では、「道士を尋ぬるに煩う無く、仙方を学ぶを要せず。自ら延年の術有り、心閑かなれば歳月長し」と詠じ、「薬を戒しむ」（三五二六）を綴っては、「老氏」の語を引きつつ、「福を徼《もと》めて反って災を成し、薬の誤まる者多し」といっていた。「老氏」の語とは、『老子』第七章の、「聖人は其の身を後にして身先んじ、其の身を外にして身存す」にもとづく。自ら生きようとする気をもたぬから、長久であり得るという意である。それが可能となったのは、あの「委順」なり「委化」なり、さては「忘機」という姿勢を崩さなかったことによる。

## 万物が快適に生きることを望む

その初めに「順に委せば心猶《なお》足るがごとし」と述べていたが、「委順」から「知足」の内証を経た今では、「病中詩の序」（三四〇八）で、「形骸を外にして内に憂恚《ゆうい》を忘れ」るようになり、また「立秋の夕」（三五〇八）で、「或るいは行き或るいは坐臥するに、体は適して心は悠なる哉」という境地にすでに達していた。かくてこの外身と内心との快適さを享受する日びが続いてゆくのである。その中でただ自らに止まらず、已れをとりまくあらゆるものの快適な生き方を望んでゆく。かつて「池は乃ち魚の為に鑿《うが》ち、林は乃ち禽《とり》の為に栽《う》う」と、「自ら小園に題す」（三五二四）で述べていた、その園を眺めながら「閑園に独り

賞す」（三二一三）を詠ずる。家鶴や若木、「蟻」や「蝸」、「蝶」や「蜂」の伸びやかな姿を目にしながら、

蠢蠕形雖小　蠢蠕《しゅんぜん》　形小なりと雖も
逍遙性即均　逍遙　性は即ち均し

と。「逍遙」はすでに触れたように、『荘子』開巻第一の篇題にもとづく語で、心伸びやかに楽しむことをいう。そのようにすべてのものが、それぞれに生きていることに目を止めているのである。また「春の池に閑《のど》かに汎《う》かぶ」（三五四八）では、「柳」や「桃」、「科斗《かと》」や「新葉」、「鴬《うぐいす》」や「雁」の動きを見渡しながら、

飛沈皆適性　飛沈　皆《みな》性に適し
酣詠自怡情　酣詠　自ら情を怡《よろこ》ばす

という。「動植」から「飛沈」まで、すべての生きものが本性のままに楽しんでいるのを肴《さかな》にしながら、酒を進め詠歌しては自らも楽しんでいると。「動植」「飛沈」の快適そうな生きざまによって、自らの快適さも増幅されるというのである。さらに「犬と鳶《とび》」（三〇一六）では、「晩来　天気好し、中門の前に散歩す」と起こしつつ、

鳶は飽きて風を淩《しの》いで飛び、犬は暖かにして日に向かいて眠る。腹は舒《の》びて穏やかに地に貼《つ》き、翅《つばさ》は凝《しず》かにして高く天を摩《す》る。

と歌い、次のように結ぶ。

見彼物遂性　彼《か》の物の性を遂ぐるを見て
我亦心適然　我《わ》れも亦《また》心適然たり
心適復何為　心適して復《また》何をか為す
一詠逍遙篇　一《いさ》か詠ず　逍遙の篇

自らの気持ちにぴったりと楽しく感じられるのは、犬や鳶がそれぞれの本性のままに生きているうえにこそ、というのである。先の「春の池に閑かに汎ぶ」で「飛沈　皆《みな》性に適す」といい、ここで「我れも亦《また》心適然たり」という。「適」は老荘、ことに荘子においては重要な観念であった。その「適」は六朝においてもいささか採り上げられており、唐代においてはより拡がっていたが、白居易ほどに重視する者はいない。居易は自らを含め、生きとし生きるものがそれぞれに相応しく生きてゆくことを、老荘の思想からも導き得たのである。居易における老荘の思想の行きつく所は、司馬遷が『史記』自序で、太史公の「六家の要指」を掲げ、「道家」についての発言の中で、「万物を贍《せん》足せしむ」というように、「万物」がそれぞれに楽しみつつ生きる、調和ある高度な共生を希《のぞ》んでいたことである。

## (三) 仏教的死生観

元和元（八〇六）年、白居易は制科に応ずるころ、「策林」を綴り、その六十七「釈教を議す」（二〇八四）において、

臣伏して其の教えを観るに、大抵禅定《ぜんじょう》を以って根と為し、慈忍を以って本と為し、報応を以って枝を為し、斎戒を以って葉と為す。夫《そ》れ然れば、亦《また》以って人心を誘《ゆう》掖《えき》して、王化を輔助す可し。

**仏教界の社会的な弊風をつく**

と述べていた。これに先んずる二年ほど前の、「八漸偈《げ》」（一四三三）で示しているように、洛陽の聖善寺において法凝大師に師事していた時期の体験によるものである。ただしその「人心を誘掖す」る点においては、「先王」の「王化」によって達せられもすると論じ、さらには根本的に「西方の教え」として、「俗を殊にす」るものであり、

君親を師資の際に移し、夫婦を戒律の間に曠《むな》しうす。

と、人倫における疑義を提出していた。「師資」は師弟。さらには

僧徒は月ごとに益し、仏寺は日ごとに崇く、人力を土木の功に労《ついや》し、人利を金宝の飾りに耗《つく》す。

と、近代における社会的な弊風をも指摘していた。のみならず、

今、天下の僧尼、数うるに勝《た》う可からず。皆《みな》農を待ちて食し、蠶《さん》を待ちて衣《き》る。

ともいい、農桑の事に従わないことを難じていた。仏教について一定の理解を示しながらも、批判は儒教的な、或るいは政治的な立場からなされていた。その一に「新楽府《がふ》」の「両朱閣」(〇一四八)もある。そこには公主のために建てられた「第宅亭台」も、やがては「化して仏寺と為りて人間《じんかん》に在り」「比屋の疲人　居る処無く」「漸く恐る　人間《じんかん》尽く寺と為らんことを」ともあった。

## 生死の問題に直面する

ただしこのような批判は、やがて声をひそめる。「両朱閣」の後、間もなく「孟簡・蕭俛《しょうべん》等の、御製の『新訳大乗本生心地観経の序』を賀するに答うる状」(一八七五)が書かれる。憲宗が宮中秘蔵の『大乗本生心地観経』を漢訳せしめ、自ら序文を作ったのである。経文の漢訳を潤色した孟簡等が御製の序を賀した表に答える状である。中に『本生心地観経』について、「本生不滅の義を悟らしめ、心地無相の宗を証す」ともある。居易は仏教への関心を蘇らし始めたのである。やがて元和六年、居易は母の喪に服し、続いて一人娘を失った。自らの生を受けた母と、自ら生を授けた娘と、最愛の人びとを一時に見送って、人間における「生」と「死」との問題に直面することとなった。「金鑾子《きんらんし》を念《おも》う」(〇四六八)では、「一朝　我れを捨てて去り、魂影　処《お》る所無し。況んや夭化の時を念うに、嘔唖《おうあ》　初めて語を学びしに」といい、

始めて知る　骨肉の愛、乃ち是れ憂悲の聚《あつ》まりなりと。唯《ただ》未だ有らざる前を思い、此の理もて傷苦を遣《や》る。

という。娘が生まれなかったものと考えて、自らを強いて慰めるのである。しかし「傷苦」は消えやらぬ。ついですでに触れたように「形質は本《もと》実に非ず、気聚まりて偶たま身を成す」のみと、『荘子』知北遊篇の「人の生は気の聚まれるなり。聚まれば則ち生と為り、散ずれば則ち死と為る」によって、悲辛を遣るべくつとめるのである。ただし肉親の死を契機に周囲を見廻すと、人びとの死葬のことが頻《しき》りに目に入る。「九日、西原に登る」(〇二四八)でいう、「請う　看よ　原下の村、村人死して歇《や》まず。一村　四十家、哭葬　虚月無し」と。かくて「自覚」(〇四八四)では、

朝に心の愛する所を哭し、暮れに心の親しむ所を哭す。親愛　零落し尽くす。安《いづく》んぞ身の独り存するを用《も》ってせん。

と実感する。同じころの「酒に対す」(〇四七〇)でも、「賢愚共に零落し、貴賤同じく埋歿す」と感じ、そのまま「陶潜体に効う一六首」第十一(〇二二三)で、「此れを念《おも》えば忽ちに内熱し、坐看《みす》みす白頭に成る」と、潜の着想を自己の言葉で、死に関する不安をいい、「此の杯中の物を飲む」よりほかないと悩んでゆく。この死についての不安や苦悩は、老荘の「理」によっても、なかなかに超克することはできそうになかった。

## 老荘の思想から仏教へ

　このような時、かつて師事したことのある、法凝大師から示唆された「無生《むしょう》」の観が回顧されてくる。「無生」とは『華厳経』や『維摩詰《ゆいまきつ》所説経』などに見える、生滅を越える観想である。かくてあの「自覚」第二で、

我聞浮図教　我れ聞けり　浮図《ふと》の教え
中有解脱門　中に有り　解脱《げだつ》の門
置心為止水　心を置きて止水と為し
視身如浮雲　身を視ること浮雲の如し
抖擻垢穢衣　垢穢《くえ》の衣を抖擻《とそう》し
度脱生死輪　生死《しょうじ》の輪を度脱すと

という所に向かってゆく。「止水」は『荘子』徳充符篇に見え、真理に至る静謐《せいひつ》の心境をさし、「浮雲」は『維摩経』に、「是の身は浮雲の如く、須臾《しゅゆ》にして変滅するなり」に拠る語である。後の「杓直《ひょうちょく》に贈る」（〇二七〇）で、

　早年に身代を以って、直ちに赴く　逍遙篇。近歳は心地《しんじ》を将《も》って、廻りて南宗禅に向かう。

というように、老荘の思想から仏教の方へと関心が向かってゆく。「白髪」（〇四二四）では、

由来生老死　由来　生老死
三病長相随　三病　長く相随う

除却無生念　無生《むしょう》の念を除却せば
人間無薬治　人間《じんかん》に薬治無し

という。「渭村に退居す」（〇八〇七）でも、「病に因りて医王に事《つか》え」「乱を息《や》めて禅定《ぜんじょう》に帰す」というに至るのである。やがて長安に召還されたが、ここでも名ある禅師を訪《おとな》う機会を求めていた。「恒寂師《こうじゃくし》」（〇八二二）で、

会逐禅師坐禅去　会《たま》たま禅師を逐うて坐禅し去れば
一時滅尽定中消　一時　滅尽して定《じょう》中に消ゆ

と詠ずるように、人の絆の脆さへの「傷心」も禅定の中で滅却することができるようになった。それは後で綴る「伝法堂の碑」（一四六一）にいうように、当時、維寛すなわち大徹禅師にしばしば詣でて教えを乞うたことにもよるであろう。

## 生きながら地獄に落ちて

元和一〇（八一五）年六月、宰相武元衡の暗殺に関連し、越権の責めを問われ始めた。やがて権臣や宦官なども、かつての居易の詩文に対する不信を想起し、三か月にわたる論議の果てに、名教に負く反倫理の罪人として、ついに江州司馬に追放した。居易は不孝の大罪の烙印《らくいん》を背にしながら生きてゆかねばならなくなった。今は生きながらに無間地獄《むげんぢごく》に落ちたのである。かつて「生・老・死」には薬がないとしていたが、先ずその

「生」そのものが苦患となったのである。「自ら悲しむ」（一〇一六）では、

火宅煎熬地　　火宅　煎熬《せんごう》の地
霜松摧折身　　霜松　摧折《さいせつ》の身

と嘆いている。「火宅」は『法華経』に説く、「衆苦の焼く所」である。このような苦悩はなかなかに超克することができない。「百花亭に晩《く》れに望《なが》む」（〇九四九）では歌う。

百花亭上晩徘徊　　百花亭上　晩《く》れに徘徊すれば
雲影陰晴掩復開　　雲影陰晴　掩《おお》うて復《また》開く
日色悠揚映山尽　　日色悠揚　山に映じて尽き
雨声蕭颯渡江来　　雨声蕭颯《しょうさつ》　江を渡って来《きた》る
鬢毛遇病双如雪　　鬢毛《びんもう》病に遇《あ》いて双《なら》びに雪の如く
心緒逢秋一似灰　　心緒秋に逢いて一《ひと》えに灰に似たり
向夜欲帰愁未了　　夜に向《なん》なんとして帰らんと欲《す》するも愁い未だ了《お》わらず
満湖明月小船廻　　満湖の明月　小船廻る

名だたる景勝の地に、憂いを晴らすべく独り訪れたものの、身内深くわだかまる「愁」は晴れるどころか、さらに深く滞って収まらないと嘆くのである。

## 現在・過去・将来の確認

かくて廬山《ろざん》の東西二林寺の僧徒との語らいが続けられた。「西林寺に宿して、早《つと》に東林の満上人の会に赴く」(〇九二四) が見え、「閑意」(一〇四二) では「東林の長老　往還頻《しきり》なり」といい、「済法師に与うる書」(一四八八) では、『維摩《ゆいま》経』『首楞厳経《りょうごん》』『法王経』『金剛経』などの諸経典についての数多くの教えを受けたことをいう。このような僧徒との交わりの中で、かつて渭村退居のころ、「自覚」(〇四八四) で、

廻念発弘願　　念を廻して弘願《ぐがん》を発す
願此見在身　　願わくは　此の見在《げんざい》の身
但受過去報　　但《ただ》過去の報いを受け
不結将来因　　将来の因を結ばざらんことを

と述べていた、その「見在」「過去」「将来」の、『涅槃経《ねはん》』など諸経典に説く「三世《さんぜ》」が確認されて来たのである。ために「現在」に対して「前事」「前身」「過去」「他生《たしょう》」の語がしばしば口に上って来る。「江州興果寺の湊《そう》公の塔碣銘《とうけつめい》」(一四六三) で、

予《わ》れ師と相遇うとき、他生の旧識の如く、一見訢合《きんごう》して、其の然るを知らず。

といい、遷化の時に「予れ又《また》四句の詩を題して別れを為す」と加え、

蓋《けだ》し前心を会し、後縁を集《つ》まんと欲すればなり。

と結び、銘の中に「恋恋として師に従いて去るを須《もち》いず、先ず請う西方《さいほう》に主人と作《な》れ」と述べる。

「他生」は「過去」、「後縁」は「将来」の因由をいう。「三世」の「転生」が見えてきたのである。かくて「見在の身」は「過去の報」と悟られ、現在の左遷も過去に根拠があると観ずるに至ったのである。「曇禅師に贈る」(一〇六二)においてはついに、

欲知火宅焚焼苦　火宅焚焼《ふんしょう》の苦を知らんと欲す

と言い得えたのである。まさしく現在の苦患を甘受しようとする意志を告白するものであった。この徹底した境地から、ようやく内面の安定が得られるようになったのである。

## 来世で元稹・禹錫と遊ぶ

このような「三世」の観念は後永く続いてゆく。元稹の歿後、「香山寺の『白氏洛中集』の記」(三六〇八)にも、

斯《こ》の文を観《み》て、宿命の通ずるを得ば、今日の事を省みること、智大師の霊山《りょうぜん》を前会に記し、羊叔子が金環に後身を識るが如き者か。

という。「智大師」は智顗《ちぎ》。『天台智者大師別伝』に、『法華経』を媒介に、かつて霊鷲山《りょうじゅせん》において同学と共に学んだ「過去」が知れたという。「叔子」は羊祜《ようこ》の字《あざな》。『晋書』本伝に見えるように、祜が「金環」によって李氏の亡児の「後身」たることが知られた如く、「将来」においてここに遊び、「斯の文」によって撰者その人の「後身」たることが悟られよう、と述べているのである。「三世」「転生」の観念がしかと見える。「『後集』を送り、兼ねて雲皐《うんこう》上人に寄す」(三五九八)でも、

来世縁会応非遠　来世の縁会は応《まさ》に遠きに非ざるべし
彼此年過七十余　彼此年過ぎて七十余なり

と結ばれる。かつて将来の会面を約束したが、ともにすでに七〇歳を越えるのだから、約束を機縁に「来世の縁会」も近いことであろうという。「来世」への強い期待が見られる。この「来世」はさらに大きく膨らんでゆく。「劉尚書を哭す」(三六〇一) では、

賢豪雖歿精霊在　賢豪歿《ぼっ》すと雖も精霊在り
応共微之地下遊　応《まさ》に微之と共に地下に遊ぶべし

と結ぶ。賢豪たる劉禹錫《りゅううしゃく》は、その肉体は消え失せても、「精霊」は永く存し、現世とは次元の異なる「地下」で、元稹とともに遊んでいるであろうというのである。江州における「三世」の観念は「三世因果」となり、「三世転生」となりはしたが、その底には、「三世輪廻《りんね》」の観念が潜んでいた。ただし居易には、いわゆる「畜生」「餓鬼」から、「人間」「天上」に至る「六道輪廻」のことは見えない。先ず見えるのは「人間」における転生である。あるいは廬山の東西二林寺における教えにもとづくものであろうか。

## 「無生」の理への開眼

その廬山では、山北なる香爐峯《こうろほう》の北面、東西二林寺にさほど遠からぬ遺愛寺の西辺に、「三間両柱、二室四牖《ゆう》」の一草堂を開いていた。そこで

は「香爐峯下、新たに山居を卜《ぼく》す」（〇九七九）で、「宦途は此れ自《よ》り心長く別れ、世事は今従《よ》り口に言わず」と定めていた。後の「郡斎の暇日」（一二一二）によれば、「只合《ただまさ》に空王に事《つか》うべく」「行道の路を平治し、坐禅の牀を安置し」て、

滅除残夢想　残夢想を滅除し
換尽旧心腸　旧心腸を換尽す

という禅行が続けられた。そこでかつて「歳暮」（〇八九八）で、

為学空門平等法　空門平等の法を学ぶが為に
先斉老少死生心　先ず老少死生の心を斉《ひと》しくす

といっていた境地から、ついに「廬山の草堂に夜雨独り宿す」（一〇七九）で、

唯有無生三昧観　唯《ただ》無生三昧《ざんまい》の観有り
栄枯一照両成空　栄枯一照して両《ふた》つながら空と成る

という、渭村当時から求めていた「無生」の仏理を内証し始めたのである。こうして居易は廬山の仏教に沈潜することによって、心底に畳《たた》なわっていた「愁」から、自らを解放することができ、仏門の諸法をも体得することができたのである。

## 「衰老」の自覚と克服

元和一五年、六年を経てようやく中央に召還された。時にあらぬ汚名もすでに忘れられていた。ただ久しい遷謫を経て、旧知との会合の際に、

「初めて知制誥」に当てられた詩篇（一二二五）に、「紫垣の曹署　栄華の地」の句に対して、

白鬢郎官老醜時　　白鬢の郎官　老醜の時

というように「老醜」を感ぜずにはいられなかった。「曲江にて秋に感ず」（〇五七二）でも、

銷沈昔意気　　銷沈す　昔の意気
改換旧容質　　改換す　旧《もと》の容質

と嘆いている。すで齢は五〇を越えていた。自らの衰老が意識されて来たのである。そうした時には、「新昌の新居」（一二五九）でいうように、「私心　竺乾《じくけん》に事《つか》え」、「梵部《ぼんぶ》　経十二」に心を向けていった。「竺乾」は仏をいう。やがて杭州への途上でも、「商山路にて感有り」（一三二二）で、「困《つか》れては青竹杖に支えられ、閑《しず》かに白髭鬚《ししゅ》を捋《ひね》る。嘆く莫《なか》れ　身の衰老を、交友も半ばは已に無し」と詠ずる。その杭州では「東院」（一三三二）で、「浄名居士　経三巻」に向かい、「仲夏斎戒の月」（〇三七二）では、「三旬　腥羶《せいせん》を断つ」という。「浄名居士」は居士の唯摩詰《ゆいまきつ》。「三巻」は『唯摩詰所説経』。「仲夏斎戒」は五月一ぱいの長期斎戒である。刺史として蘇州に到っては、「馬より墜《お》つ」（二四五九）で詠ずるように、「足傷き」「腰重く」「窓間に臥す」こととなり、重ねてこれまでも病んでいた「眼病」がにわかに悪化した。それを篇題とした一篇（二四七七）では、「散乱す　空中千片の雪、蒙《もう》

篭《ろう》たり　物上一重の紗」と嘆く。ただし仏法の修行は怠ることがなかった。「仲夏斎居」（二四七三）でも、「腥血《せいけつ》と葷蔬《くんそ》と、停め来ること一月余」といい、「体適して通宵坐す」ともいう。斎戒と坐禅を続けていたのである。やがて刑部侍郎に任ぜられたが、「『除夜の作』に和す」（三三六　）では、「頭上　毛髪短く、口中　牙歯疏《あら》し。一たび老病の界《ところ》に落ち、生死《しょうじ》の墟《ほとり》を逃れ難し」と「老病」を訴える。ただ「『非を知る』に和す」（三三六二）では、「禅定を学ぶに如《し》かず、中に甚深の味有り」「坐《そぞ》ろに真諦《しんたい》の楽しみを成し、空王の賜を受くるが如し」と、坐禅による法悦さえ体感してゆく。「真諦」とは第一義諦ともいわれ、究極の真理をいう。「老病」の身心を支えたのは、江州における徹底した禅行の体験であった。

## 相つぐ死別に孤独感をつのらせる

とはいえ「老病」の深さはいよいよ度を増してゆく。「劉郎中に和す」（二六四七）では、「肺傷《いた》んで飲酒を妨げ、眼病んで花を看るを忌む」と、「酒」や「花」への関心の薄れてゆくことを告げる。それに加えて、耐え難い事が起こった。弟の行簡の死である。四人兄弟のうち末弟と長兄とはかなり以前に世を去っており、残されたのは居易と行簡の二人だけであった。この二人の情愛の厚さは、当代に比《くら》ぶべきものがないと、人びとから称せられていた。「弟を祭る文」（二九三二）には、「孤苦零丁《れいてい》、又《また》衰疾を加え、殆んど生気無し」と洩らし、「天を仰いで一たび号《さけ》び、心骨破砕せんとす」と慟哭していた。さらには

「『自ら勧む』に和す」(二二六七)では、「請う看よ　韋孔と銭崔と、半月の間　四人死す」と嘆くように、翰林学士時代からの親知の人びとを失ってゆくのである。自注には「韋中書・孔京兆・銭尚書・崔華州、十五日の間、相次いで逝く」とある。韋処厚・孔戣《こうしゅう》・銭徽・崔植すべて常に居易を庇《かば》い、励ました人びとである。このように掛け替えのない親知の長逝に、居易は次第に深い孤独感に包まれていった。しかもここ長安では二李の朋党の権力闘争がいよいよ激烈となる形勢にあった。もはや都に留まることには耐えられなくなった。かくて大和三(八二九)年春、再び都には立ち返らぬという決意のもとに、洛陽へ「長帰」したのである。ただしその洛陽でも、さらに耐え難いことが続いてゆく。「掌珠」といい、「琴書　吾《わ》れを墜す勿れ、弓冶　将に汝に伝えんとす」と期待をかけていた、晩年に生まれた一人息子の阿崔が、僅か三歳になったばかりで世を去ったのである。「崔児を哭す」(二八八〇)では「悲腸　自ら断つは剣に因るに非ず、啼眼　加《ます》ます昏《くら》きは是れ塵ならず」と嘆く。「初めて崔児を喪《うしな》う」(二八八一)では、

世間此恨偏敦我　　世間　此の恨み　偏《ひと》えに我れに敦《あつ》し
天下何人不哭児　　天下　何人か児を哭せざらんに

と大きな喪失感に悩み続ける。しかも阿崔の悲しみが癒えぬ二年後、文学的知己として許し合った元稹が歿した。科試のころから知り合い、三十年の友好を結び、歌詩の唱和するもの一千首を越え、天下に「元白」と称せられていたのである。「元微之を祭る文」(二九三四)では、「公帰らずと雖も、

我れ応《まさ》に継いで往かん。安《いづく》んぞ形去りて影有り、皮亡んで毛存する者有らんや」と、とり残された者の深い孤独感を訴えつつ、泣哭を続けるのである。その哭泣がまだ消えやらぬ翌年には、崔群と崔敦詩《さいとんし》が歿し、その翌年には崔玄亮も歿した。群は同齢ながら官僚としては先輩であり、常に居易を引き立てていた。敦詩は翰林院で会すること少なくなく、絶えざる友交を続けていた。「崔相公を祭る文」(二九四五)では「両心相期す、優遊して手を携《たづさ》え、而して老を終えんことを」とも述べていた。玄亮は字を晦叔といい。同年進士、しかも吏部の試でも同時及第であった。「哭詩」(二九六六)では、「丘園　誰と共にか卜《ぼく》せん、山水　誰と共にか尋ねん。風月　誰と共にか賞せん、詩篇　誰と共にか吟ぜん。花開きては誰と共にか看《み》ん、酒熟しては誰と共にか斟《く》まん」といい、

我が道　此れ自《よ》り孤なり、我が情　安んぞ任《た》う可けんや。

と激しい孤独感に襲われていた。この喪失感による孤独感は長く尾を曳いてゆく。「微之・敦詩・晦叔相次いで長逝す。巋然《きぜん》として自ら傷む」(三〇七八)では、

併失鵷鸞侶　　併せて失う　鵷鸞《えんらん》の侶《とも》
空留麋鹿身　　空しく留む　麋鹿《びろく》の身
只応嵩洛下　　只《ただ》応に嵩洛《すうらく》の下
長作独遊人　　長く独遊の人と作《な》るべし

と己のみ存するを傷む。「嵩洛」は嵩山と洛水で、洛陽一帯をさす。共に語り共に遊ぶ者がなく

なり、ついに「独遊の人」となってしまったという深い孤独感に、心を嚙まれている。「老」の意識に加わる孤独感はいよいよ深まって行くのである。

**斎戒と坐禅により自在の僧となる**　この孤独感を救うのが、在京・在外官の時期を通じて持せられて来た仏門の信仰である。「六十六」(三三〇四)では、

将何理老病　何を将《も》ってか老病を理《おさ》めん
応付与空門　応に空門に付与すべし

という。仏門に身を寄せるよりほかはないと洩らすのである。それはこれまで自由でなかった諸寺への参詣から始まる。かくて「菩提寺」「乾元寺」「玉泉寺」「瀧潭寺」「法王寺」「天竺寺」「聖善寺」「香山寺」などをしばしば口にするのである。時にはそれらの寺院に宿をとることも珍しいことではなかった。ために僧徒との交際も多くなってきた。「照・密・閑・実の四上人過《よ》ぎらるるを喜ぶ」(三〇七六)の篇題でも知られる。その中には「交遊の一半　僧中に在り」という文字も見える。この仏門との交渉によって信仰を深めたのである。「夢得に酬ゆ」(三三五七)では、「五月暫く修行す」と「長斎」のことをいいつつ、「交遊は諸長老、古先生に師事す。禅後　心弥《いよい》よ寂《しず》かに、斎《さい》し来《きた》りて体更に軽し」ともいう。「古先生」とは竺乾古先生のことで仏を指す。「禅」は坐禅をいい、「斎」は斎戒をいう。中に

香印朝煙細　　香印　朝煙細く
紗燈夕焔明　　紗燈　夕焔明らかなり

の一聯によっても知られるように、この「修行」は、諸寺の長老を延《ひ》いて、履道里の自邸でなされていたのである。そこにはすでに「道場」が設けられていた。「九月八日、皇甫十の贈らるるに酬《むく》ゆ」（三三八二）では、「君方《まさ》に酒に対《む》かいて詩章を綴るとき、我《わ》れ正に斎を持して道場に坐す」ともいう。「斎戒の満つる夜」（三三八三）でも、「紗篭燈下　道場の前、白日は斎を持し夜は坐禅す」という。東都分司という身上では、十分な時間があったからである。かくて斎戒と坐禅が続いてゆく。「早《つと》に雲母散を服す」（三一三〇）では、

毎夜坐禅観水月　　毎夜坐禅し　水月を観ず

という。「水月を観ず」とは水中の月を見ることで、すべて現象は水に映った月のように実体のないものと観ずることをいう。『智度論』には「諸法を解了すれば、幻の如く焔の如く、水中の月の如し」とある。さらに一篇を結んで、

浄名事理人難解　　浄名《じょうみょう》の事理は　人　解し難し
身不出家心出家　　身は家を出《い》でずして心は家を出ず

という。「浄名」はすでに触れたように維摩詰。毘耶離《びやり》城の長者で、釈迦《しゃか》の教化を受け、いわゆる「居士《こじ》」となっていた。このような立場から、かつて口にしていた、例えば「髪の落つるを嗟《なげ》く」

(二二九六)における「自在の僧」の語が顧みられてくる。「自在」とは『維摩経』などに見える、事物に拘《かかわ》らぬ無碍《むげ》の境地をいう。その「自在」の観念が次第に拡がってくる。やがて「自在」を篇題とする詩篇(三〇三二)に固まってゆく。そこでは

心了事未了　　心了するも事未だ了せざれば
飢寒迫於外　　飢寒　外に迫る
事了心未了　　事了するも心未だ了せざれば
念慮煎於内　　念慮　内に煎《い》る

といい、今や「事と心と和会して」、

内外及中間　　内外と中間
了然無一礙　　了然として一礙《がい》無し

と言い放つことができるようになる。

## 居士の自覚

このような境涯から「蘇州南禅院の『白氏文集』の記」(二九五五)も書かれた。そこには、

寓興の放言《ほうげん》、縁情の綺語《きご》なる者も之《こ》れ有り。楽天は仏弟子なり。備《つぶさ》に聖教を聞き、深く因果を信じ、来業《らいごう》を結ばんことを懼《おそ》れ、前非を知るを悟る。

の文字が見える。ここには永らく事として来た詩文を、「寓興の放言、縁情の綺語」とも言い切っている。それは制作を仏法における「五戒」や「十悪」に当たるものという見解である。まさしく懺悔である。この懺悔によって「仏弟子」と言い得たのである。やがて「香山寺の新修経蔵堂の記」(三六〇七)を綴り、詩語としてではなく、「仏弟子香山居士楽天」と、「慈氏」「長老」「比丘《びく》」を前にして、「居士」と自ら称し得るに至ったのである。このころ「家に在りて出家す」(三四六三)も書かれた。そこでは「中宵　定に入り跏趺《かふ》して坐す」ともいう。「定に入る」とは禅定《ぜんじょう》に入ること、「跏趺」とは結跏趺坐のことである。この前後、禅行の中で新しい境地も開かれた。例えば「禅経を読む」(三二五四)では、

須知諸相皆非相　　須《すべから》く知るべし　諸相は皆《みな》非相なるを
若住無余却有余　　若し無余に住すれば却って有余

ともいう。「非相」とは『金剛経』などに見えるように、「諸相」はすべて真実のものではないということであり、「無余」とはいわゆる無余涅槃《ねはん》のことであり、煩悩を余す所なく滅却すること。ただしその無余涅槃に安住すれば、そのことがまた「妄心」に連なるという。かくて現世におけるすべての物事は実相ではないと悟るのである。この点から見れば、人間の生死もまた実相ではないこととなる。その初め、「衰老」の居易を耐え難く嘆かせた肉親や親知の人びとの「死」に伴う、大きな喪失感や深い孤独感を、ようやく超克することとなり、「衰老」を受け容れて、「心彌《いよい》よ寂《しず》か

に」保つこととなったのである。

## 老いて患うことに感謝

開成四（八三九）年十月、にわかに風疾に冒された。「風痺《ふうひ》の疾」をいう。「痺」はしびれること。「病中詩序」（三四〇八）には、「体癏《や》みて目眩《くら》み、左足支《き》かず」という。発病よりいささか経て小康を得た後の、「初めて風を病む」で、

六十八衰翁　　六十と八の衰翁
乗衰百疾攻　　衰に乗じて百疾攻む

という。老衰の身には種々の病気が吹き出してくる。その「百疾」を機に「肘の痺れ」がもたらされ、「頭旋《めぐ》りて転蓬《てんぽう》より劇《はげ》し」という、いわゆる中風を得たのである。しかも「枕上の作」（三四〇九）では、その風疾によって全身の「血凝《こお》り筋滞りて調柔ならず」ともいう。本人にとっては確かに苦しい試練であった。ただし「閑上人来りて何に因ってか風疾すると問うに答う」（三四一〇）には、

欲界凡夫何足道　　欲界の凡夫　何んぞ道《い》うに足らん
四禅天始免風災　　四禅天にして始めて風災を免るるなり

とある。そこに自ら注して、「色界の四天、初禅は三災を具す。二禅は火災無し。三禅は水災無し。四禅は風災無し」という。一聯は、四禅天にあってこそ始めて「風災」を免れ得るのであり、「色界」の下位なる「欲界」の凡夫では、この風疾を蒙るのも当然のことという。いささか戯れ気なが

らも、仏教の観点によって自らの疾病を眺めているのである。かくて「病中五絶句」第一（三四一一）では、

世間生老病相随　　世間　生老病相《あい》随う
此事心中久自知　　此の事　心中久しく自ら知る
今日行年将七十　　今日行年《ぎょうねん》将に七十ならんとす
猶須慙愧病来遅　　猶《なお》須《すべか》らく慙愧《ざんき》すべし　病の来ること遅きを

という。「生」「老」「病」がつぎつぎと来るのは、人の世の常である。この身もいずれは「病」の患いに遇うであろうと、早くより予想していたものの、人生の終末近くにしてこの患いにかかったことは、まこと感謝してよいというのである。「慙愧」とは居易がしばしば用いるように、当時の俗語で感謝するという意である。この方向の想念は「絶句」第二（三四一二）にも見える。そこでは「家には憂累無く身には事無し、正に是れ安閑好病の時」という。病気になるには好機であるというのである。もともと仏教は、人の生涯を「生・老・病・死」の過程において把握しようとする。一首は仏教者に相応しい発言である。「絶句」第三（三四一三）でも、「多幸なり　楽天　今始めて病む、知らず　合《まさ》に苦《ねんご》ろに治するを要すべきや無《いな》や」と結ぶ。思えば執友ともいえる李建は已れより八歳も若かったが、すでに十九年前に歿し、元稹もまた七年も年下であったが、九年前に世を去っていた。それらに比べて、七〇に近いこの年にして始めて病患を得たのは幸いと言わずにはいられ

ないと詠ずるのである。

やがて少しくは癒えたというものの、「病中に看経す」(三五八五)では、

右眼香花左足風　　右眼は香花し左足は風
金篦石水用無功　　金篦《きんぺい》石水　用うるも功無し

という。その自注に「金篦は眼病を刮《かつ》す。『涅槃経』に見ゆ。磁石水は風を治す。『外台方』に見ゆ」とある。さまざまに治療を施しはしたが、なかなかによくはならなかった。「足疾」(三四五七)でも、「足疾加うる無く亦瘳《またい》えず、春を綿《わた》り夏を歴《へ》て復《また》秋を経《へ》たり」ともいう。永い闘病生活が続いてゆく。「疾に臥してより来《このか》た早晩《いくばく》ぞ」(三四三六)でも、「婢は能く『本草《ほんぞう》』を尋ね、犬も医人に吠《ほ》えず」という。かくて「身を詠ず」(三六五八)では、「中風自《よ》り来《このか》た三たび閏《うるう》を歴《へ》たり」「漢上に羸残《るいざん》して半人と号す」とも述べる。閏月の置かれた年は、先ず開成四年。ついで会昌元年、さらに会昌四年である。「三たび閏を歴」るとは、発病から少なくとも六年を越えたことをいう。「半人」とは、晋の習鑿歯《しゅうさくし》が「脚の疾《やまい》」の故に家巷に閉塞して「半人」と称せられた故事を負う。六年といえば、会昌四(八四四)年に当たる。その歿年近くにも後遺症は続いていたのである。

## 死生を泰然としてみる

その間、居易は坐禅と斎戒と看経《かんきん》の禅行を続け、身心を静かに養い、新しい境地を拓いていったのである。先ず「絶句」第四(三四一四)では、

「足軟にして行くに妨《ささわ》りあれば便《すなわ》ち坐禅す」という。足疾によってこそ坐禅し易くなるというのである。また「斎戒」(三四三二) では、

毎日斎戒断葷腥　毎日斎戒して葷腥《くんせい》を断ち
漸覚塵労染愛軽　漸く覚ゆ　塵労染愛《ぜんあい》の軽きを

と詠ずる。「塵労」とは身心を労することから煩悩《ぼんのう》のことをさす。「染愛」も貪愛染着することでこれも煩悩をいう。坐禅に加えて斎戒の行も続けられる。これらの禅行によってこそ執着なり煩悩が淡くなるのを覚えたというのである。「斎戒」(三六三八) では、

頼学空為観　学に頼《よ》って空を観と為し
深知念是塵　深く知る　念は是れ塵なるを

と。仏理を学んで万事の空なることを知り、心の働きの塵に汚されていることを悟ったというのである。また「斎居偶作」(三六五七) には、

豈有物相累　豈に有らんや　物の相累《わずら》わすこと
兼無情可忘　兼ねて情の忘る可き無し
不須憂老病　老病を憂うるを須《もち》いず
心是自医王　心は是《こ》れ自ら医王

ともある。物の心を累わすこともなく、情の忘るべきものもない。かくては老病も全く憂うるに足

らなくなる。心がすなわち医師だからである。「医王」は無明《むみょう》煩悩の病に法の薬を施す仏菩薩。二聯は煩悩や執着をすべて脱棄したうえ、「老病」の苦しみさえも超克した境地にあることを告げる。もとよりこの「老病」には風疾も含まれている。「病中詩の序」で、風疾を得たものの、「禅観を先にして而る後に医治に順う」と述べていたが、まさしくあの病患をも「禅観」によって受けとめていたのである。

そこにはやがて来るべき死に対する観想さえも覗える。それを示す一つが、ほかならぬ「達哉楽天の行《うた》」（三五二七）である。「眼昏《くら》く鬚白く頭風眩す」という身ながら、「山僧に随いて夜は坐禅しつつ、やがて「朝露に先だちて夜泉に帰せん」と意識し、

未帰且住亦不悪　　未だ帰せずして且《しばら》く住するも亦《また》悪しからず
飢餐楽飲安穏眠　　飢えて餐《く》らい楽しみて飲み安穏に眠る
死生無可無不可　　死生可も無く不可も無し
達哉達哉白楽天　　達なる哉《かな》達なる哉　白楽天

と結ぶ。この風疾を経てこそ、自らの「死」の目前に迫ったことを覚悟したのであるが、そこには「生」に対する執着や絶望もなく、「死」への恐怖や不安もなく、まして抵抗の思いも逃避の考えもない。近づいてくる「死」を泰然と見ているのである。かつて渭村で、肉親の死を契機に自らの死に及び、「此《こ》れを念えば忽ちに内熱す」と述べて、焦慮に似た思いを懐き、江州でようやく「空門

平等の法を学ぶが為に、先ず老少死生の心を斉《ひと》しうす」と、「死生」一如の道を探り続けていたが、今確かにその境地に達し、あの「無生」の理を内証し得たのである。「死生可も無く不可も無し」と言い切れたのは、まさしく「死生」を超越した境涯に達していたからである。

## 来世への期待

ただその「死」について、居易には一つの「願」があった。三世転生の信仰に係わるものである。三世の観想はすでに渭村のころから懐かれ、江州で固まっていた。それが「老病」を機にいよいよ確かなものとなってきた。元稹の死後に書かれた「香山寺を修むるの記」(二九二三)に、

嗚呼《ああ》、此の功徳に乗じ、安《いづく》んぞ知らんや、他劫《たごう》に微之と後縁を茲《こ》の土に結ばざることを。此の行願に因って、安んぞ知らんや、他生《たしょう》に微之と復《ふたた》び茲の寺に同《とも》に遊ばざることを。

とある。「他劫」といい「他生」という来世の観念と、その来世にかける期待が見える。劉禹錫が世を去った際にも、「哭詩」(三六〇二)を捧げていう。

窅窅《ようよう》たる窮泉　宝玉を埋め、駸駸《しんしん》たる落景　桑楡《そうゆ》に掛《かか》る。夜台暮歯　期《き》遠きに非ず、但《ただ》問う
前頭に相見《まみ》ゆるや無《いな》や。

自らの死が訪れたとき、「夜台」において会面し得ることを深く望んでいるのである。身内深くから突き上げてくる惜別の情によるものではあるが、いずれも来世への熱い観想がある。この前後、

このような観想は一つの方向へ定着してゆく。「香山寺」(三一〇三)で「家醞《かうん》は瓶に満ち書は架に満つ、半ば生計を移して香山に入る」というその「香山」について、

且共雲泉結縁境　且つ雲泉と共に縁境を結ぶ
他生当作此山僧　他生当《まさ》に此の山の僧と作るべし

と述べる。また「山下にて仏光和尚に留別す」(三四七四)では、

我已七旬師九十　我《わ》れ已《すで》に七旬　師は九十
当知後会在他生　当《まさ》に知るべし　後会は他生に在らんことを

という。山寺の僧となり、あるいは山寺の僧とともに会合し得ることを、「他生」にかけるのである。「他生」は忌むべきものではなく、甚だ望ましいものとなっていたのである。そのような来世転生の願いを「客の説に答う」(三六〇〇)では、

海山不是吾帰処　海山は是れ吾《わ》が帰する処ならず
帰即応帰兜率天　帰せば即ち応《まさ》に兜率天《とそつてん》に帰すべし

という。「海山」は仙洞のある所。「兜率天」は彌勒菩薩《みろくぼさつ》の坐《いま》す所。句末に自ら注して「予《わ》れ晩年に弥勒上生業を結ぶ」と。来世において、日ごろ念ずる彌勒菩薩の兜率天で無上道を成さんと願うのである。来世はまさしく菩薩に会い得る所となるのである。

## 自己救済から万物の救済へ

かくて「弥勒の上生を画く幀《てい》の記」(三六〇六)を綴る。そこで「日びに香を仏前に焚き　稽首して願を発す。願わくば来世に当たって、一切衆生《しゅじょう》と彌勒上生《じょりしょう》を同じくせんことを」という。さらに「西方を画く幀の記」(三六〇五)においては、西方十万億土の「浄土」を画くことについて、

> 弟子居易、香を焚き稽首し、仏前に跪《ひざまづ》き、慈悲の心を起こし、仏誓《ぐぜい》の願を発す。願わくば此の功徳《くどく》、一切衆生に廻施しせんことを。一切衆生、我《わ》が如く老ゆる者、我が如く病む者有らば、願わくば皆《みな》苦を離れ楽を得、悪を断ち善を修し、南部を越えずして、便《すなわ》ち西方を観《み》んことを。

と願う。「南部」とは南瞻部洲《なんせんぶしゅう》をいい、ここは唐土をさす。仏の慈悲を体感し、功徳によって仏の慈悲を「一切衆生」に向けられることを祈っているのである。その「一切衆生」とは、「六讃偈《さんげ》」の「衆生偈」(三六一三)において、「毛道の凡夫、火宅の衆生、胎卵湿化、一切有情《うじょう》」という。居易は人間のみではなく、「一切有情」にまで仏果の及ぶことを願うのである。これこそ居易の大願であった。

ただしこの大願もいささか色合いを変えてくる。「龍門八節石灘《だん》を開く」(三六二五)に見える。当時、龍門潭の南にあった八節灘では、船や筏《いかだ》が過ぎる時は破傷することが多く、舟人たちは大きな被害を被り、年ごとに少なからぬ犠牲者もあった。この苦患を取り除くべく発心し、家財を投げ出し、悲智僧の道遇とともに開鑿《かいさく》の事を進めた。その大工事が成って、古来の礙険《がいけん》も消え、未来に向

かって苦患を除くことができた。居易はこのことについて、
願に適《かな》い心を快くし、苦しみを抜き楽しみを施すのみ。豈に独り功徳福報を以って意と為さんや。

と述べる。この序を冠する詩篇（三六二六）は、「七十三翁　旦暮の身」と歌い起こされ、

我身雖歿心長在　　我が身歿すと雖も心は長《とこし》えに在り
闇施慈悲与後人　　闇《あん》に慈悲を施して後人に与う

と結ばれる。居易の仏法への「帰依《きえ》」は、かつての、「功徳」を衆生に「迴施」する願いから、今は「功徳」の意識を越え、仏の「慈悲」を自らの「慈悲」とし、自己救済を越えて衆生救済へ転化していったのである。「歓喜」（三六四一）でも、「心中別に歓喜《かんぎ》する事有り、開き得たり　龍門の八節灘」という。衆生救済の行動に自ら「歓喜」を覚えているのである。白居易は仏法によって、「一切有情」のものが救済されることを深く期待していたのである。

# (四) 思想の位相

## 儒教的世界観の中で

白居易は長い人生を生ききった。その生涯に影響した思想は、大まかに言えば、儒教・道教・仏教である。ただここでいう道教とは老荘の思想である。ただしそれらは常に平行していたのではない。大まかにいえば、時に応じていささか移っていたのである。若いころの儒教による世界観は、やがて老荘の思想による人生観に色濃く覆われてくる。そしてついに仏教による死生観に収斂していったようにも見える。いわば時代や環境、境遇や年齢によって重点を移したと思われる。

そのはじめ、儒教的世界観を形成しつつあった科挙応試の前後、「策林」では仏教に一定の理解を示しつつも、社会的な或るいは儒教的な観点から、すでに触れたように非難を加え、ついには晋・宋・斉・梁以来、天下の凋弊《ちょうへい》せしは、未だ必ず此れに由らずんばあらず。

とまで極言していた。あたかも十年後の、韓愈《かんゆ》の「仏骨を論ずるの表」を先取りするような言辞さえもあり、半世紀を隔てた武宗の仏教弾圧政策の根拠の一部に類する発言さえもあった。また老荘については、『老子』の「無為」「好静」「無事」「無欲」を掲げて、その思想の特質を指摘しつつも、専ら政治的局面から意義を認めるような発言もしていた。しかしそれは仏教や老荘の思想に対する関心が、すでにあったためである。「策林」を綴る直前、「八漸偈」においては、法凝大師の「心教」を発揮しようと心定めていたことを告白している。「策林」の直後には、「拙を養う」（〇二〇〇）を書いていた。「大巧は拙なるが若《ごと》しの賦」にいう「拙」に係わるものであり、中に「時に窺う五千言」、「欲寡《すく》なくして　心源を清《す》ましむ」ともある。「寡欲」はその思想における重要な観念の一つであり、『荘子』山木篇にも言及する所がある。仏教に理解を持ち、老荘の思想の内面化を試みつつも、「六経」の指示を理念として、「古風」の回復という一種の政治的な理想主義が優先し、他の思想への伸展が回避されたのである。

### 仏教・道教の芽生え

その仏教や老荘の思想が居易の内部で膨らんで来るのは、母の喪に服するために渭村に退去していた時期である。この母の死について、一人娘の金鑾《きんらん》が三歳で後を追った。肉親の二重の死去に打ちのめされて、人間の死について考え始める。しかし儒教から解答を引き出すことはできなかった。かくて老荘の思想や仏教へと向かうこととなる。「渭村退去」に、「漸く閑にして道友に親しみ、病に因りて医王に事《つか》う」というのがこれを示す。「道友」とはいわゆる道教修業を続ける知人であり、「医王」は「生・老・病・死」の苦患を払除する仏菩薩である。その「道友」から「坐忘」の示唆をうけ、仏教からは「禅行」を受けた。そのような求道の生活の中で、老荘の思想から「委順」の観念を、仏教から「三世」の観念の緒をつかむことができたのである。ここに二つの思想はさほどの距離を持たないで、居易を支えるものとして受け容れられてきたのである。とはいうものの、左拾遺翰林学士の時期に確立された儒教的信条が銷磨《しょうま》し尽くしたのではない。「新たに布裘《ふきゅう》を製す」では、「安んぞ万里の裘《きゅう》を得て、蓋裹《がいが》して四垠《ぎん》に周《あまね》くせん」と詠じ、「薛《せつ》中丞」では、薛存誠を「正人」と呼び、「直道は漸く光明、邪謀は蓋覆し難し。毎《つね》に匪躬《ひきゅう》の節に因り、匡時《きょうじ》の具有《ざえ》るを知《しめ》す。」と讃える。「直道」は『論語』、「匪躬」は『周易』にもとづく語である。「正人」が『尚書』による語であることとともに、全く儒教的な立場による人間論である。ただ政治から隔絶された、閉鎖的な田園生活の中で、儒教による思念が潜行し、時に間歇的《かんけってき》に吹き上げるような程度に止まっていたのである。かくてそれまで押さえられていた仏教や老荘の思想が顕著となってきたのである。

この仏教や老荘の思想は、やがて「言責無く、事憂無し」と「司馬庁の記」に書くように、政治や行政から疎外され、しかも名教の罪人なる烙印を負わされていた左遷の時期に高揚してくる。仏教では、「生・老・病・死」の「生」の苦悩を克服しようとして、渭村当時に見出された「三世」の観念を手がかりとし、「見在の身」は「過去の報」と悟り、坐禅を続け僧徒の教えを承けつつ、ついに「火宅焚焼《ふんしょう》の苦」を甘受する覚悟を定める。それにつれて老荘の思想では、先に「委順」の緒に辿りついていたが、その観想を展開し、「委化」「委命」「任化」「順命」の観念を導き、すべてを自然のなりゆきに委せ、「死」さえも受け容れようとするに至った。その決意は、ついに以後の人生の指針とまでなってゆくのである。ただし『詩経』の「美刺興比」に係わる制作がないのではない。「大水」(〇〇六四)では、家屋さえ失った庶民が苦しみ、田畑を流された農民が納税に悩むのに、「万人の災いを知らず、自ら錐刀の利を覓《もと》め」る者を強く非難している。また時としては「淮寇未だ平らがず、詔して歳杖を停む。憤然として感有り、率爾に章を成す」(〇九六〇)のような作もある。しかし倫理的感動による言辞はさほど多くない。儒教的な思惟が潜行しているからである。それは「元九に与うるの書」で、「僕不肖と雖も常に此の語を師とす」といいつつ、『孟子』の

窮すれば則ち独り其の身を善くし、達すれば則ち亦《また》天下を兼《ひろ》く済《すく》う。

という語を引いていたが、今はその「窮」の境涯に在ると見なしていたからである。もともと『論語』憲問篇にも、「其の位に在らざれば、其の政を謀らず」とあった。その故に巨視的に見れば、この自己規定もなお儒教的であった。ために「達」の時期にめぐり会えば、「兼済」の方向へと動いてゆくのである。

## 官僚として儒教的立場を貫く

忠州から召還されて中央の官僚に復帰すると、「兼済」を含む儒教的な立場が回復してくる。「『虞人の箴』に続く」は、『春秋左氏伝』に見える「虞人の箴」の続篇であり、中に「春蒐《かり》し冬狩《かり》し、之《こ》れを取るに道を以ってすれば、

鳥獣虫魚各其《おのおの》の生を遂ぐ」ともいう。「之れを取るに道を以ってす」は「策林」の「動植の物を養う」(二〇四三)に展開していた。なお「春蒐」「冬狩」も『左氏伝』隠公五年に見える。穆宗《ぼくそう》の時を選ばない、度の過ぎる狩猟を諫める文辞である。もとより職責たる制誥は、ほぼ儒教的見識によって貫かれている。元稹は「楽天の『余思尽きず、加えて六韻を為《つく》る』の作に酬ゆ」の中で、

　白樸流伝用転新　　白樸《はくぼく》流伝し用《うた》た新たなり

といい、自ら注して、「楽天、翰林・中書に於いて書詔批答の詞等を取り、撰して程式と為す。禁中、号して『白樸』と曰《い》う。新入の学士有る毎に、求訪して宝重すること、『六典《りくてん》』より過ぐ」と讃える。元和初期の「翰林制詔」とともに、今の「中書制誥」をも、『周礼』に倣った、唐の官制を示す大典より尊重されたと告げる。皇帝の言語として「高古」な風格をもつことをいうのである。ただ翰林当時と異なるのは、江州の時期における、自覚された「独善」に対する「兼済」や、老荘思想による「止足」などの観念が散見することである。それは居易における思想の体系がより拡大されたことを示すものであろう。

　とはいうものの、先に触れた「『虞人の箴』に続く」文で、穆宗を諫めたものの無視され、王庭《おうてい》湊《そう》による河朔の乱について、しばしば上奏したが、すべて退けられた。最終的に拠り所とした皇帝への信頼も薄れてゆくのである。しかもこれと前後する進士の試験を機に、高級官僚間に反目が始まり、いよいよ亀裂が拡がっていった。しかも執政者もなすすべを知らなかった。かくて居易は政

治権力の裏側をまざまざと見せつけられ、邦国への期待を失っていった。さらに自らの司言の職に対する官僚の忌避さえも感ぜずにはおれなかった。「初めて中書舎人を罷《や》む」（一三〇八）でも、

命薄元知済事難　　命薄くして元《もと》より知《さと》る　事を済《な》すの難きを

と暗澹たらざるを得なくなり、ついに杭州刺史に出たのである。その「謝上表」では、「恭《うやうや》しく詔条を守り、勤めて人庶を卹《あわ》れみ、下は凋瘵《ちょうさい》を蘇《よみがえ》らし、上は憂勤に副《そ》わん」と述べていた。すでに言及したように、一篇は経典の語で点綴されていた。まさしく儒教的立場の見解であり、「兼済の志」の発言でもある。しかしこうして「兼済の志」は邦国を離れ、一個の官僚の職責の中に凝縮してゆくのである。

## 「兼済」と「独善」の結合

ただしこのような「兼済」の背後には、長く経験した「独善」の時間があった。「東院」（一三三二）では、「浄名居士経三巻」が掲げられ、「蘇錬師に贈る」（一三六三）では、「只《ただ》読む　逍遙六七篇」という。「浄名居士経三巻」は、すでに触れたように「維摩詰所説経三巻」であり、「逍遙」はいうまでもなく『荘子』開巻第一篇をさす。しかも道士や僧徒と交わっていた。かくて「居士」への憧憬と「逍遙」への希望が拡がってゆく。「天竺寺」「霊隠寺」「孤山寺」などの名がしきりに見えるのもそのためである。そこでは聴法のこととともに風物へ心惹《ひ》かれてもいた。かくてさまざまな「記」の文辞や、少なからぬ詩歌と結びつ

いた。「詩解」(二三四五)では、

新篇日日成　新篇　日日に成るも
不是愛声名　是《こ》れ声名を愛するにあらず
旧句時時改　旧句　時時に改むるも
無妨悦性情　性情を悦《よろこ》ばしむるに妨ぐる無し
但令長守郡　但《ただ》長く郡に守たらしめば
不覓却帰城　却《しりぞ》きて城に帰るを覓《もと》めず
秪擬江湖上　秪《ただ》擬す　江湖の上《ほとり》
吟哦過一生　吟哦《ぎんが》して一生を過ごさんと

と詠ずる。詩歌によって自己の生を確認していたのである。そのような歌詩は、表現内容から見れば、多く「情性を吟玩する」「閑適詩」といわれるべきものであり、まさしく「独善」のことに属する。「兼済の志」の裏には疑いもなく「独善の行」があったのである。

もともと仏教の立場から見れば、「吟哦」は煩悩の一つであった。かつて江州の時の「閑吟」(一〇〇四)でも、

自従苦学空門法　苦《ねもごろ》に空門の法を学んで自従《よ》り
銷尽平生種種心　平生種種の心を銷尽す

唯有詩魔降未得　　唯《ただ》詩魔有りて降すこと未だ得ず
毎逢風月一閑吟　　風月に逢う毎《ごと》に一たび閑吟す

と詠じていた。しかし今は、そのような「閑吟」や「吟哦」が、己の生を支える一柱ともなっているのである。後に「酔中に狂歌し」(二九六八)、「丈夫　一生に二志有り、兼済と独善とは併せ得難し」と言うようなこともあるにはあるが、ここでは仏教への関心と文学する悦びがあってこそ、「兼済」へ精神を高揚させることも可能となったのである。以後も居易の内部では、限定された「兼済」と巾広い「独善」とが、比重の差異はありつつも、分かち難く結ばれていくこととなる。

### 老荘的な眼からの権力闘争批判

大和三年、「名利の都」における、高級官僚の朋党による権力闘争がいよいよ激化する形勢を見通して、居易は官僚社会への期待をもついに棄てざるを得なくなった。かくて長安を出て、太子賓客分司という名目的な閑職で洛陽に「長帰」した。それは実質的には官僚たることから退去することでもあった。しかも幼少の嗣子を他界へ送り、重ねて元稹など知己の逝去に遇い、「老」の孤独感から仏門や老荘の道へと傾斜を深くしてゆく。ただ河南の府尹ともなれば、かつての一個の官僚の中に凝縮した「兼済の志」が甦《よみがえ》り、「新たに綾襖《りょうおう》を製し成す」の「心中農桑の苦を念うが為に、耳裏飢凍の声を聞くが如し」という句が示すように、農者や庶民への並々ならぬ配慮もなされた。しかしその官職から解放されると、

「春に負《そむ》く」(三一一二)に、「病みてより来《このか》た　道士は調気を教え、老い去りては　山僧は坐禅を勧む」と見えるように、「道士」や「山僧」と自由な往来が重ねられる。やがて香山寺を修築して憚る所なく「香山居士」と称しつつ、「早《つと》に雲母散を服す」(三一三〇)で、「身は家を出でざるも心は出家す」という。すでに自邸に設けていた「道場」に妻をも時に延《ひ》いて、斎戒し、坐禅さらに看経《かんぎん》を行じてゆく。唐代の文人官僚で、これほどまでに禅行に打ちこむ例を見ないほどに。かくて「菩提寺の上方」(三一三七)で、「誰れか知らん　簪纓《しんえい》の内を離れず、長く逍遙自在の心を得たることを」と詠ずる。そしてついに「蘇州南禅院の『白氏文集』の記」を綴り、「願わくは今生《こんじょう》世俗の文字、放言綺語の因を以って、転じて将来世世の讃仏乗・転法輪《てんぽうりん》の縁と為さん」ともいう。幾多の文辞や詩歌も、ただの「放言綺語」と懺悔したのである。先の「菩提寺」の詩篇に見える「逍遙自在の心」の「逍遙」についても、「池上閑吟」(三一一四)で、

夢遊信意寧殊蝶　　夢に遊ぶごと意の信《まま》なるは寧《なん》ぞ蝶に殊ならん
心楽身閑便是魚　　心楽しみ身閑なるは便《すなわ》ち是れ魚

という。「蝶」は『荘子』斉物論篇、「魚」もまた秋水篇による発想である。こうした老荘の思想は、この当時の居易の心情に拡がっていた。「洛詩に序す」(二九四二)には、「三年の春自《よ》り八年の夏に至るまで」に詠じた「四百三十二首」について、「実に分を省み足るを知るに本づく」と述べる。その「足るを知る」心情は、そのまま「自適」に連なる。「酔吟先生伝」(二九五三)では、「盃觴《はいしょう》諷詠

の間に自適す」と洛陽における生活を回顧し、「吾れ適せるかな」と結んでいる。「知足」は「自適」を導いたのである。この立場からあの「甘露の変」に対する感慨を洩らすのが「澗《かん》中の魚」（三四七八）である。

海水桑田欲変時　　海水と桑田　変ぜんと欲《す》る時
風濤翻覆沸天池　　風濤　翻覆して　天池　沸《わ》く
鯨呑蛟闘波成血　　鯨《げい》呑み蛟《こう》闘いて　波は血と成る
深澗游魚楽不知　　深澗の游魚　楽しみて知らず

「海水」の句は、『神仙伝』における麻姑《まこ》の「東海三たび変じて桑田と為る」の語を負う。「天池」は、『荘子』逍遥遊篇の、大魚の鯤《こん》が化して鵬《ほう》となり、勢い強く飛び上がり、「海の運《めぐ》り」に乗じて徙《うつ》って行く所である。ここではそれを宮廷になぞらえる。結句の「游魚」は先に引いた「池上閑吟」における、「心楽しみ身閑かなるは便ち是れ魚」の「魚」にほかならぬ。中央における血にまみれた激しい廷臣と宦官との闘争について、老荘的な観点から、政治を権力奪取に傾けていることを批判しているのである。

## 仏教的観点からの権力批判

やがてにわかに「風疾」に冒される。その病患の中で精神を支えるのは、老荘の思想と仏教である。「初めて風を病む」(三四七八)では、「恬然《てんぜん》として不動の処、虚白　胸中に在り」という。肘は痺《しび》れ頭は顫《ふる》えながらも、動かない所が一つある。ほかならぬ胸中の「虚白」であるという。「虚白」は『荘子』人間世篇における、「虚室《きょしつ》に白を生じ、吉祥止まる」による。司馬彪《しばひょう》によれば「室は心に喩《たと》う。心能く空虚なれば、則ち純白独り生ず」と注する。すでに文学用語となり、清静な心境に喩えられている。また「夢得の疾の瘳《い》ゆるを喜ばるるに酬ゆ」(三四二六)では、「末疾と徒《ただ》に爾《し》か云《い》うも、余年幾《いく》ばくか有らん。須《すべか》らく知るべし差《い》ゆると否と、相《あい》去ること校《くら》ぶるに多無し」という。それは「病中五絶句」第四(三四一四)の「身は医王と作《な》りて心は是れ薬、労せず　和扁《かへん》の門前に到るを」という心境から導かれたものであろう。「和扁」は秦の医和と扁鵲《へんじゃく》、古の名医。一聯は仏法による心地《しんじ》からの発言である。致仕の後もこの仏教と老荘の思想は、居易の精神を支えてゆく。今の『文集』の末尾を飾る「禽虫十二章」第七(三六六七)には、

蟭螟殺敵蚊巣上　　蟭螟《しょうめい》　敵を殺す　蚊巣《ぶんそう》の上
蛮触交争蝸角中　　蛮触《ばんしょく》　交《こもご》も争う　蝸角《かかく》の中
応似諸天観下界　　応《まさ》に似たるべし　諸天の下界を観るに
一微塵内闘英雄　　一微塵内　英雄を闘わしむ

とある。「蟭螟」は『列子』湯問篇に見え、蚊の睫《まつげ》に住むといわれる微虫。『蛮触』は『荘子』則陽篇に見える、蝸牛の左角と右角の上に在る二小国の名。「諸天」は広義における仏界をいう。ここには仏教の高みから、「蟭螟」「蛮触」など微小なものの闘争にも似た、人間における権力闘争への批判がある。朋党による激烈な争いは、政治を権力闘争と見なす大誤を犯すことにも見える。そのような批判を、老荘的な発想をも繰り込んだ仏教による観点がここにはある。居易の最後に拠るのは仏教とも考えられよう。

## 仏教と道教との通いあい

「独善」における、仏教と老荘思想が結びつくのは、居易においては早い時代であった。人間の生死について正面から向かい始めた渭村退居のころ、老荘の思想が先行していたが、やがて仏教に辿りつき、ともに居易を支えるものとなってゆく。これを推し進めたのが、江州司馬の時期である。政治から疎外され、名教の罪人として送る日びの中で、渭村で見出された「三世」の観念が、「過去の報」としての「見在の身」を自覚させた。しかし「過去」は「見在」においては知られず、もはや変えることはかなわない。与えられたものとして受け止めざるを得ないのである。このような思考はすでに渭村で垣間見た「委順」という観念にも通じる。「委順」は自然のなりゆきに従うことであり、それを導くのは、「造化」だからである。「造化」に運載される以上、人間はその働きを受け容れざるを得ぬのである。かくて渭村で芽ばえた「三世」と「委順」の観念は、絶対なる者に倚《よ》るという、人間存在に対する認識において、矛盾することもなく撞着することもなくなる。それどころかむしろ相互に強調するものとさえなったのである。ただし絶対なる者の働きに参入するには、随順のみでは達せられない。かくて「委順」は「知足」という内面的観想を求める。これに対応するのが、「無生の理」を内証する方向である。いずれも主体的な、あるいは能動的な立場である。やがて東都分司という閑職において、「知足」は「自適」という観念を突き上げてくる。それに伴い仏教は「居士」の「自在」を促してくる。仏教と老荘の思想は、内面深く結び合っていたのである。

ためにに早くは江州の「睡《ねむり》より起きて晏《やすら》ぎ坐す」(〇二九〇)で、

本是無有郷　本是《もと》れ無有郷

亦名不用処　亦《また》名づく　不用処と

行禅与坐忘　行禅と坐忘

同帰無異路　帰を同じくして異路無し

という。そこに自ら注して、「道書に云う、『無何有郷《むかゆうきょう》』と。禅経に云う、『不用処』と。二者は名を殊にするも、帰するは同じ」と。「無何有郷」は『荘子』に再三にわたって見え、寂寞芒洋、虚無無為の境地。「不用処」は「無所有処」の旧訳《くやく》であり、いかなるものも実在しないという禅定の心地であり、各種の経論に見える。居易は仏教の「行禅」と老荘の「坐忘」とは竟極において相通じると見なしていたのである。これに似た発言は、晩年にもある。「三適」(三〇〇〇)で、「足」「身」「心」が適するのを、「禅那《ぜんな》不動の処、混沌《こんとん》未鑿《みさく》の時」という。前句は禅宗の説く無念無想の三昧境、後句は、『荘子』の混沌寓話の虚心無為の極限である。禅定と「忘適」の「適」とは、同じ境地であるという観点から出る一聯である。その底には、老荘思想に、ことに荘子について「(荘生の)斉物は同じく一に帰す」と、「『荘子』を読む」(三一五三)でいい、本質から見れば一切は斉《ひと》しいという観想があった。また仏教においても、「歳暮道情」(〇八九八)で、「空門の平等の法を学ぶが為に、先ず斉しうす　老少死生の心を」というように、万有は実相において差別はないとする観想があった。居易は早くから「不二《ふに》門」(〇五四五)を求めていたが、「不二の法」は差別や相対を超えた絶対平等の真理をいう。仏教と老荘の思想とは、立場を越える根源において相通じるものがあると見なされていたのである。

## 万物救済へと昇華する

そのはじめ老荘の思想から「委順」の観念を選び取り、そのままに人生の指針とし、やがて「知足」を見出し、ついに「自適」に達していた。その「自適」はさらに自己に限られることでなく、「家を移して新宅に入る」(〇三八〇)でいうように、「自」を棄てて「適」となり、すべての人びとに及び、「囚竄《しゅうざん》の客」「征戍《せいじゅ》の児《じ》」などに拡がってゆく。このような外延の拡大を示唆する語は、もともと『荘子』にもあった。その在宥篇の、昔、堯の天下を治むるや、天下をして欣欣焉として人ごとに其の性を楽しましむ。である。あの「家を移す」で、「各其《おのおの》の性に適する得しめん」というのは、在宥篇の語とほぼ相似た内容をもつからである。しかし居易の「適」は、ここに止まるものではなかった。それは「閑園独賞」（三二一三）で、「仙禽」「芳樹」「蟻」「蝸」「蝶」「蜂」を見ながら、「逍遙たること性は即ち均し」と観じるに至る。生きとし生きるものの「逍遙」、すなわち「適」を求めているのである。しかも「春の池に閑《のどか》に汎《う》かぶ」（三五四八）においても、「動植」を始めとして、「飛沈　皆《みな》性に適し、酣詠自ら情を怡《よろこ》ばす」というように、「我も亦《また》心適然たり」得るのである。かくて万物の逍遙たる「適」の世界を求める所に出ていたのである。もとよりこのころになると、「犬と鳶」（三〇一六）で、「遂性」と「適」・「逍遙」とが結びつくように、儒教と老荘の思想とが融合していたのである。

仏教においても相似た様相を示している。早い時代から求めていた「無生の理」を、風疾にかかり、身の「浮雲」なることに体感し、「世縁俗念」を除き去って、漸く「人間《じんかん》の清浄翁」たるを得た「老病幽独」（三四六一）の境涯において内証する。それを示すのが、あの「死生可も無く不可も無し」という告白である。風疾の前には、自らの死について、「弥勒上生を画く幀の讃」（二九四三）で、「是の縁に遇い」「当来に下生《げしょう》の慈氏世尊の足下」に往生せんことを願かけていた。ただし風疾の後に至ると、「西方を画く幀の記」（三六〇五）で、「一切の衆生、我が如くに老ゆる者、我が如くに病める者有らば、皆《みな》苦を離れ楽を得しめんことを」と、弘誓の願を発していた。自己中心の救済から衆生の救済をいい、永く生死の流れを離れて、終に無上道を成さんことを念じているのである。その「一切の衆生」とは、「胎卵湿化」の「四生」に及ぶ「一切の有情」を指す。かくて生命あるすべてのものの救済へと昇華する。しかも致仕後は、「龍門の八節石灘」を開鑿して、「功徳福報」の外で、仏の慈悲を自らの慈悲とし、万人に向かって無窮の未来にまで施したのである。居易の「独善」に係わる、老荘の思想や仏教は、生きとし生きるものが、穏やかに共生し救済される世界へと到達していたのである。

## 居易の三教の理解

その居易の長い生涯は、地位や職責に変化がありながらも、ほとんど官僚として過ごされた。この官僚として志していたのは「兼済」である。早い時代から儒教の理想主義により、権力に圧迫される庶民や、納税に苦しむ農民など、いわゆる社会の弱者ともいうべき人びとの救済を懐き続けていた。しかし現実においてはなかなかに状況が改善されることはなかった。晩年における「歳暮」(二九七二)でも、「洛城の士と庶、比屋多くは飢貧なり」と嘆かねばならなかった。しかもそのような状態は単に洛陽のみに限られはしなかった。「歳暮」を詠じていたころ、万丈の大裘《たいきゅう》を得て、洛陽城を蓋《おお》いたいものとも述べていたが、若い時代にも「万里の裘を得て」、「天下に寒人無からしめん」と詠じていた。洛陽で「万丈の大裘」を思った心底には、若いころの「万里の裘」への連想もあったであろう。農民から士庶までのすべての人びとへの救済を常に念頭においていたのである。ただこの心情はさらに拡げられていた。元和の初年の「新楽府」の「昆明に春水満つ」では、「千介万鱗同日に活き」「游魚鱍鱍《はつはつ》　蓮田田《でんでん》」といい、「杜若心《しん》を抽《ひ》き」「鴛鴦《えんおう》　翅《はね》を鋪《し》い」て眠ると、「動植飛沈」の「皆《みな》性を遂ぐる」ことに喜びを見出だしていた。まさしく「万物の性を遂ぐる」ことを希求していたのである。居易の「兼済」は、生きとし生きるすべてのものが、それぞれに本性のままに生ききる、いわゆる「生生の理を尽くす」ことに在ったのである。儒教による、「動植飛沈」までも「生生の理」を尽くすという理想も、老荘の思想による、万物が「性を楽しん」で「逍遙」たることへの期待も、仏教による「一切有情」の救済という弘願も、命あるすべてのものが穏やかに共存共生する世界への翹望《ぎょうぼう》という一点において連なるものとなる。かつて「三教論衡」(二九二〇)で、「儒門」と「釈教」とについて、

彼此も亦《また》差別無し。所謂《いわゆる》同出にして異名、殊途にして同帰する者なり。

と述べていた。広義に解すれば、老荘の思想も加うべきものとなる。居易における、いわゆる儒・道・仏の三教の受けとめ方は、最終的には帰する所を同じくするものとなっていたのである。

### 在家の居士として生きる

もとより老荘の思想は、すでにそれなりに深奥な一つの体系を成していた。そして居易もその思想に親しみ、自らを導く観念をそこから取り出していた。早くは「虚静は是れ吾が師」(〇一九三)といい、やがては「不動　吾が志と為し、無《む》

何《か》 是れ我が郷」（〇八〇七）とも述べ、さらに江州では、「荘老の巻を開かずんば、何人と言わんと欲する」（〇二八八）とも述べていた。しかし時には「猶《なお》嫌う　荘子の詞句の多きを、只《ただ》読む　逍遙六七篇を」（一三六三）といい、やがては「荘生の斉物は同じく一に帰すも、我が道は同中に不同有り」（三一五三）とも述べていた。さらに先に触れた在宥篇の「堯」の政治についても、『荘子』には末尾に、「是れ恬《やす》らかならざるなり」の句が続いていた。「堯」の政治が「人ごとに其の性を楽しましむ」ものであったとしても、そこに止まるならば人も世界も根本的には安静にならぬというのである。

しかし居易は『荘子』の末尾の言を顧みず、「堯」の世界に踏み止まっていた。このことが象徴するように、儒教的世界観は揺がなかったのである。仏教もまたそれ自体で荘厳に組織されていた。居易は「生《しょう》・老・病・死」の苦患を人生の課題として、生涯にわたってそれぞれの解答を引き出すべく修行を重ねていった。時には「白日には斎を持し夜は坐禅」（三一八三）という努力も続けた。そして遂に「漸く塵労染愛の軽きを覚え」「此《こ》れ従《よ》り始めて弟子為るに堪えたり」（三四三一）といい得る境涯に達した。かくてその境涯を「恐らくは是れ人間《じんかん》の自在天」（三五〇七）という。何らの束縛も受けない真の自由境と呼ぶのである。そのためか、「身は家を出でずして心は出家す」（三一三〇）といい、ついに「家に在りて出家す」（三四六三）の詩篇も詠ぜられた。かつて邦国を棄て、ついで官僚たることをも避けてきたが、僧籍に入らずして、「在家」の居士として生きることを定めたのである。それは「三教論衡」でいう、「釈門の法師」に対する「儒門」の士たるに留まる表明でもあった。かつて南宗禅に自己の救済を探りつつ、やがて南宗そのものに潜在していた浄土的観念を取り上げ、ついに「一切有情」の救済を発願していた。それは外ならぬ自己の仏教的観想を儒教的世界観に沿う方向に形成したものと考えられる。

## 官僚としての思想体験の回顧

服喪の期を終えて京師に召還されたころ、「杓直《ひょうちょく》に贈る」(〇二七〇)で、「早年身代を以《も》って、直ちに赴く『逍遙』の篇。近歳 心地を将《も》って、廻《かえ》って向かう 南宗の禅」と述懐していた。渭村における内面の回顧である。そこには儒教への言及はない。やがて江州から忠州を経て、中央に召還されては、「新昌の新居にて事を書す」(一二五九)においては、「大底 荘叟《そうそう》を宗とし、私心 竺乾《じくけん》に事《つか》う」といい、「荘叟」と「竺乾」とが並んでくる。もとより儒教は職事としてあり、言挙げするまでもなかった。程経て刑部侍郎のときは、「『非を知る』に和す」(三三六二)で、「君が非を知るの問いに因りて、天下の事を詮較《せんこう》す」るに、「儒教は礼法を重んじ、道家は神気を養う。礼を重んずれば滋彰足《じしょうた》り、神を養えば避忌《ひき》多し。禅定を学ぶに如《し》かず、中に甚深の味有り」と詠ずるに至る。すでに洛陽への「長帰」を定めていたころの心境であり、仏教を推奨しているのである。ついで洛陽における奉仏の生活が始まる。「酔吟先生伝」(二九五三)では、「心を釈氏に棲《お》き、小・中・大乗の法に通学す」とも述べていた。やがて風疾にかかる直前に、長い生涯を顧みつつ「蘇州南禅院の『白氏文集』の記」(二九五五)を綴り、三千

四百八十七首の自らの詩文について、

　五常を根源とし、六義に枝派し、王教を恢《ひろ》めて仏道を弘むる者、多きことは則ち多し。

と記していた。それは仏教に係わる制作の少なくないこととともに、儒教的立場の詩文が多いことを述べているのである。居易風に言えば、「外は儒行を以《も》って其の身を修め、中は釈教を以って其の心を治め」たことを意味する。ここでは老荘に関する言及はないが、「南禅院」に奉納するという主旨から避けたものであろう。「病中詩の序」(三四〇八)では、「余、早くより心を釈梵に棲ましめ、跡を老荘に浪《みだり》にす」とも述べていた。風疾という特殊な状態で、儒教には及ばなかったのである。

　しかし致仕のころに詠ぜられた「物に遇《あ》いて感興し、因りて子弟に示す」(三五二九)では、

上遵周孔訓　上は周孔の訓《おし》えに遵《したが》い
旁鑒老荘言　旁《かたわ》ら老荘の言に鑒《かんが》む
不唯鞭其後　唯《ただ》其の後《おく》れたるを鞭《むちう》つのみならず
亦要輒其先　亦《また》其の先なるを輒《おさ》えんことを要す

と結ぶ。後二句は『荘子』達生篇の、いわゆる鞭後寓話にもとづき、短とする所を補い、長とする所を抑えることをいう。前二句は先ず周孔の教え、すなわち儒教を中心とし、老荘の思想をも顧みることをいう。「上遵」と「旁鑒」とには、価値意識が仄めいていることを見逃すわけにはいかない。この二聯に先んじて、「甚だ剛強なる可からず」「全く柔弱なるを得ざれ」といい、

彼因罹禍難　　彼れは因りて禍難に罹《かか》り
此未免憂患　　此れは未だ憂患を免れず
于何保終吉　　何に于《おい》てか終吉を保たん
強弱剛柔間　　強弱剛柔の間なり

という。この「強弱剛柔の間」というような発想は、以前にもしばしば見えていた。「中隠」(二二七七)には、「大隠」と「小隠」を掲げつつ、「中隠と作《な》るには如《し》かず」とあり、「唯《ただ》此の中隠の士、身を致すこと吉にして且《か》つ安し」ともあった。洛陽の太子賓客であった時の作である。また遡れば翰林学士当時の「松斎に自ら題す」(〇一九〇)でも、「老に非ず亦《また》少に非ず」「賤に非ず亦《また》貴に非ず」といいつつ、「智に非ず亦愚に非ず」と結ぶ。これこそ『礼記』中庸篇における、「中庸は其れ至れる矣乎《かな》。民能く久しきもの鮮《すく》なし。知者は之《こ》れに過ぎ、愚者は及ばざればなり」「君子は中庸に依る」という孔子の教示にもとづくものである。翰林当時に見出され、左遷を経た正と負との体験に方向づけられ、続いて二李の朋党の間で固まった、儒教による信念であった。このような発想を承ける「上遵」「鞭後」の二聯も、長い官僚生活の中で形成された知恵であり、致仕に当たって発せられた語である。篇題に「子弟に示す」と加えられているように、やがて官僚となるべき「儒家の子」に示すことを動機としたのであり、ためにここには仏教は表立てて採り上げていないのであろう。しかしたとえ自らの特殊な体験であったとしても、仏教は人生を導いてきた力であった。「鞭後」「輒先」の二句に、仏教への思いが籠められていると考えられぬことはない。ほどなく「禽虫十二章」が書かれ、初めに触れたように、第八では朋党による復讐的な行為を誡めている。第七（三六六七）でも、「応《まさ》に諸天の下界を観るに似たるべし、一微塵内　英雄を闘わしむ」という。仏教の高みから権力闘争を照射しているのである。居易にとって仏教には儒教や老荘の思想では得られぬ視点があったのである。「上遵」「鞭後」の二聯は、長い官僚としての生涯を生きぬいた思想体験の回顧と考えられよう。

## 文学的人間　白居易

もとより詩文の表現には、時として齟齬《そご》する点がないでもない。秘書監から刑部侍郎となっていたころ、「『非を知る』に和す」で、儒教と道教と仏教を掲げ、仏教を第一と讃えていた。その一首は元稹が道教に心を傾けていたのに対して、仏教を高く評価しているのである。ただし刑部侍郎として、「勤めて丹筆を操り　黄沙を念い、飢寒の囚をして獄に滞《とどこお》らしむる莫《なか》れ」と兼済の立場を推し進めており、儒教を標榜《ひょうぼう》していた時である。仏教を第一とするのは、制作の動機や主題のとり方による差異がもたらしたものである。しかも齟齬に止まらず、矛盾することもある。時には「吉凶禍福　来由有り」（三一五五）というが、時には「禍福茫茫として期す可からず」（三一六六）という場合もある。主題をせり上げてゆく表現の手法、ないしは技術によるものである。制作の時点では、いずれも制作者にとって真実であったとしても、広い立場から十分に考察されなくてはならないであろう。もともと居易は、自己の同一性を保持しようとする思想的人間であるよりは、情緒の中に時間を見出してゆく文学的人間であった。科試に合格した直後に、居易は「長恨歌」を詠じたが、友人の陳鴻はその「伝」で、「楽天は詩に深く、情多き者なり」と言っていた。左遷から召還された時の、「勤政楼西の老柳」(一二六四)では、自らを「多情」と認めていた。六〇歳を過ぎてもなお水みずしい感性を持ちつつ、「新秋」(三一六六)では自らを「詩人」と自己規定していた。ために思想においては、ゆるやかな立場にあったのである。仏教では南宗禅に信仰を見出していたものの、廬山のそれは浄土教的色彩を、その初めから帯びていた。それを居易はとり上げ、中ごろにはいわゆる浄土信仰を懐くに至っていた。しかも彌勒信仰と阿彌陀信仰とは差異あるものであったが、居易はその差異をさほど重視しなかった。この大らかさは老荘の思想の受容についても見られる。先の「鞭後」の意味についても、達生篇における原意とは少しずれている。ただし居易は「几に隠《よ》りて客に贈る」(三〇四二)にもこの語を用いており、すでに先人に用例があって、文学的用語となっていたから、巾広く理解していたのである。また「委順」についても、知北遊篇とはいささか異なった方向へ延ばしていた。これもまた先行の詩歌において文学用語とされていたためである。近くの一例を挙げれば、元稹の早い時期の「致用に別る」に、「風のごと行くは自ら順に委せ、雲のごと合うも期有るに非ず」と見えていた。もと居易は『荘子』に親しんでいたから、原義も心得ていたが、その大宗師篇にも「時に安んじ順に処れば、哀楽入る能わざるなり」とあり、『荘子』の外にはみ出さない限り、原義が押さえられねじ伏せられていても、先行の文学用語に従っていたのである。まこと居易は思想的人間であるよりは、文学的人間であったのである。

## 生の原理の流れに即して

しかしこの文学的人間も、儒教の経典については忠実であった。すでに『五経正義』があり、伝・箋・注・疏によって「経」の語はなかなかに動かし難い観念を纏《まと》っていた。これによって若い居易の柔軟な精神は形成せられていたのである。ために「経」の語を口にし書くごとに、居易は経書の世界に帰るのである。そのような語の一つが外ならぬ自らの字《あざな》の「楽天」である。字は『礼記』典礼篇に、「男二十にして字す」と明記されているように、自らが意識をもって、名にふさわしく選び取ったものである。その名の「居易」は、『礼記』中庸篇の「君子は易きに居り、以って命を俟《ま》つ」から出る。鄭注には「『易』は猶《なお》平安のごときなり。『命を俟つ』とは、天に聴き命に任せるなり」とある。「楽天」の由って来る所は、すでに触れたように、『周易』の「天を楽しみ命を知る。故に憂えず」である。韓注には「天を楽しむ」とは、「天の化に従う」ことである。「命を知る」とは、孔疏によれば「性命の始終を知り、自然の理に任す」ことである。かつて制科応試のころ、「永崇里観居」(〇一七九)で、「天を楽しみて心憂えず」と自照し、「渭村退居」(〇八〇七)でも、「天を楽しみて怨歎無く、命に倚りて劻《きょう》勷《じょう》せず」

と詠じていた。晩年における洛陽の太子賓客たる時の「少年の問い」(三一七三)では「号して楽天と作《な》す　応《まさ》に錯《あやま》らざるべし、憂愁の時少なくして楽しむ時多し」といい、風疾の時でも「枕上の作」(三四〇九)で、「若《も》し楽天に病を憂うや否《いな》やと問わば、天を楽しみ命を知りて了《つい》に憂い無し、と」と述べていた。「易きに居る」ことを含めて「天を楽しむ」ことは、早くから居易の生の原理として確立され、生涯にわたって保ち続けられていたのである。あの老荘の思想に係わる「委順」や「順命」の観念が抵抗なく受け容れられ、そのままに自「適」の方向へ進展していったのも自然であった。その自「適」がさらに万物へと拡大していったのである。仏教において、「三世の理」が摂受され、坐禅による内面の安定を求め続け、ついに「生・老・病・死」の苦悩を超脱し、平安の心地に到達すべく努め、さらには自己救済から「一切有情」の救済へと動いたのも、若い精神に確立した、自己の生の原理の大きな流れに即するものであり、その原理の由来する儒教の、それによる世界観を基盤としたものと見なすことができよう。

## 作品番号の四部本巻次

| | |
|---|---|
| 0001～0064 | 巻 1 |
| 0065～0123 | 巻 2 |
| 0124～0144 | 巻 3 |
| 0145～0174 | 巻 4 |
| 0175～0228 | 巻 5 |
| 0229～0276 | 巻 6 |
| 0277～0334 | 巻 7 |
| 0335～0391 | 巻 8 |
| 0392～0446 | 巻 9 |
| 0447～0524 | 巻10 |
| 0525～0577 | 巻11 |
| 0578～0607 | 巻12 |
| 0608～0706 | 巻13 |
| 0707～0806 | 巻14 |
| 0807～0907 | 巻15 |
| 0908～1008 | 巻16 |
| 1009～1108 | 巻17 |
| 1109～1208 | 巻18 |
| 1209～1307 | 巻19 |
| 1308～1407 | 巻20 |
| 1408～1422 | 巻21 |
| 1423～1443 | 巻22 |
| 1444～1457 | 巻23 |
| 1458～1463 | 巻24 |
| 1464～1470 | 巻25 |
| 1471～1482 | 巻26 |
| 1483～1485 | 巻27 |
| 1486～1490 | 巻28 |
| 1491～1498 | 巻29 |
| 1499～1513 | 巻30 |
| 1514～1540 | 巻31 |
| 1541～1570 | 巻32 |
| 1571～1598 | 巻33 |
| 1599～1648 | 巻34 |
| 1649～1698 | 巻35 |
| 1699～1746 | 巻36 |
| 1747～1780 | 巻37 |
| 1781～1823 | 巻38 |
| 1824～1878 | 巻39 |
| 1879～1946 | 巻40 |
| 1947～1959 | 巻41 |
| 1960～1984 | 巻42 |
| 1985～1995 | 巻43 |
| 1996～2012 | 巻44 |
| 2013～2035 | 巻45 |
| 2036～2052 | 巻46 |
| 2053～2071 | 巻47 |
| 2072～2092 | 巻48 |
| 2093～2142 | 巻49 |
| 2143～2192 | 巻50 |
| 2193～2249 | 巻51 |
| 2250～2310 | 巻52 |
| 2311～2410 | 巻53 |
| 2411～2511 | 巻54 |
| 2512～2612 | 巻55 |
| 2613～2712 | 巻56 |
| 2713～2811 | 巻57 |
| 2812～2911 | 巻58 |
| 2912～2925 | 巻59 |
| 2926～2937 | 巻60 |
| 2938～2955 | 巻61 |
| 2956～3003 | 巻62 |
| 3004～3051 | 巻63 |
| 3052～3151 | 巻64 |
| 3152～3233 | 巻65 |
| 3234～3332 | 巻66 |
| 3333～3407 | 巻67 |
| 3408～3507 | 巻68 |
| 3508～3602 | 巻69 |
| 3603～3616 | 巻70 |
| 3617～3673 | 巻71 |

# 白楽天年表

| 西暦 | 紀年 | 干支 | 白齢 | 行跡 | 時事 | 日本 |
|---|---|---|---|---|---|---|
| 七七二 | 代宗 大暦 七 | 壬子 | 一 | 正月二十日鄭州新鄭県東郭の宅で生まる。劉禹錫生まる。 | 崔群生まる。 | 光仁宝亀 三 弓削道鏡死す。 |
| 七七三 | 八 | 癸丑 | 二 | 祖父白鍠死す。 | | 宝亀 四 僧良辨死す |
| 七七五 | 一〇 | 乙卯 | 四 | | | 宝亀 六 吉備真備死す。始めて天長節を行う。 |
| 七七六 | 一一 | 丙辰 | 五 | 弟行簡生まる。 | 汴宋軍乱る。 | |
| 七七七 | 一二 | 丁巳 | 六 | | | 宝亀 八 遣唐使小野石根発し、風に遇いて歿す。 |
| 七七八 | 一三 | 戊午 | 七 | | 回紇太原に侵入。吐蕃入寇。楊汝士このころ生まる。 | 宝亀 九 唐使朝見す。 |
| 七七九 | 徳宗 一四 | 己未 | 八 | 元稹生まる。 | 吐蕃南詔入寇。 | |
| 七八〇 | 建中 一 | 庚申 | 九 | 父徐州彭城県令と | 両税法を行う。奉天城 | |

| | | | | | | | |
|---|---|---|---|---|---|---|---|
| 七八一 | 建中 二 | 辛酉 | 一〇 | なる。 | を築く。 | 桓武 天応 一 |
| 七八二 | 三 | 壬戌 | 一一 | 徐州別駕たりし父季庚の下に行き、符離に止まる。 | 朱滔等自ら王と称す。 | 延暦 一 |
| 七八三 | 四 | 癸亥 | 一二 | 難を避けて江南に行く。 | はじめて間架税・除陌銭法を行う。帝奉天に行く。朱泚叛して長安に拠る。 | |
| 七八四 | 興元 一 | 甲子 | 一三 | 弟金鋼奴生まる。 | 李希烈叛乱、楚帝と称する。李懐光反す。朱泚誅せらる。顔真卿殺さる。帝長安に帰す。 | 延暦 三 長岡京造営。国司の期限を六年とす。 |
| 七八五 | 貞元 一 | 乙丑 | 一四 | | 李懐光死す。 | 延暦 四 淡海三船死す。大伴家持死す。 |
| 七八六 | 二 | 丙寅 | 一五 | 江南に在り。 | 李希烈殺さる。 | |
| 七八七 | 三 | 丁卯 | 一六 | | 李泌相となる。李徳裕生まる。 | |
| 七八八 | 四 | 戊辰 | 一七 | 衢州別駕たりし父に従う。 | 吐蕃しきりに入寇。 | 延暦 七 長岡京遷都。最澄延 |

| | | | | | | |
|---|---|---|---|---|---|---|
| 七八九 | 貞元五 | 己巳 | 一八 | | 裴度進士及第。 | 暦寺を創る。 |
| 七九〇 | 六 | 庚午 | 一九 | | 吐蕃安西を陥す。 | |
| 七九一 | 七 | 辛未 | 二〇 | 符離に在り。張徹・賈餗等と勉学。 | | |
| 七九二 | 八 | 壬申 | 二一 | 弟金鋼奴を葬る。 | | |
| 七九三 | 九 | 癸酉 | 二二 | 襄州別駕に遷る父に従う。<br>元稹、一五歳にして明経に及第。<br>劉禹錫、顧少連のもとで進士及第。 | 茶に税す。 | 延暦一二　平安京造営。 |
| 七九四 | 一〇 | 甲戌 | 二三 | 父死し、襄陽に葬り、喪に服す。 | | 延暦一三　平安京に遷都。 |
| 七九五 | 一一 | 乙亥 | 二四 | 劉禹錫、博学宏詞科に及第。 | | |
| 七九六 | 一二 | 丙子 | 二五 | | | 延暦一五　鞍馬寺創立。 |
| 七九七 | 一三 | 丁丑 | 二六 | | 宦者を宮市使とす。 | 延暦一六　続日本紀成る。坂上田村麻呂を征夷 |

| | | | | | | |
|---|---|---|---|---|---|---|
| 七九八 | 貞元一四 | 戊寅 | 二七 | 洛陽に在り。 | 神策統軍を置く。呉少誠叛す。 | 大将軍に任ず。<br>延暦一七　清水寺創建。 |
| 七九九 | 一五 | 己卯 | 二八 | 饒州浮梁県主薄たりし兄の幼文のもとに行き、宣城にて崔衍の司る郷試に応じて及第す。 | 呉少誠を討つ。 | 延暦一八　和気清麻呂死す。 |
| 八〇〇 | 一六 | 庚辰 | 二九 | 長安に至り、二月、高郢のもとにて進士及第。十七人中第四、最年少。洛陽に帰る。 | | |
| 八〇一 | 一七 | 辛巳 | 三〇 | 徐州・宣州等に旅す。<br>劉禹錫、淮南節度使杜佑の記室となる。 | | 延暦二〇　藤原葛野麻呂を遣唐大使に任ず。 |
| 八〇二 | 一八 | 壬午 | 三一 | 冬、鄭珣瑜の下で書判抜萃科に応ず。 | | |
| 八〇三 | 一九 | 癸未 | 三二 | 春、抜萃科に登り、校書郎となる。常楽里に住む。<br>元稹、抜萃科第四 | 高郢、鄭珣瑜相となる。 | |

| | | | | | | |
|---|---|---|---|---|---|---|
| 八〇四 | 徳宗・貞元二〇 | 甲申 | 三三 | 等校書郎となる。<br>洛陽から徐州に旅し、下邽に家を移す。 | | 延暦二三　藤原葛野麻呂等進発す。僧最澄・空海等従う。 |
| 八〇五 | 順宗二一<br>永貞　一 | 乙酉 | 三四 | 永崇里華陽観に寓を移す。<br>劉禹錫、屯田員外郎となり、連州刺史として出され、途上再び貶せられて朗州司馬となる。 | 韋執誼相となる。王伾王叔文事を用う。韋執誼を貶す。牛僧孺進士及第。 | 延暦二四　藤原葛野麻呂帰朝す。最澄天台宗を開く。 |
| 八〇六 | 憲宗　二<br>元和　一 | 丙戌 | 三五 | 校書郎をやめ、四月、才識兼茂明於体用科第四等に入り、盩厔尉となる。<br>元稹、才識兼茂明於体用科第三等となり、左拾遺を授けられ、後河南尉となる。 | 劉闢叛して斬らる。吐突承璀神策軍中尉となる。 | 平城大同　一　空海帰朝し、真言宗を唱う。 |

| | | | | | | |
|---|---|---|---|---|---|---|
| 八〇七 | 元和 二 | 丁亥 | 三六 | 秋、府試官となり、ついで集賢校理となる。十一月、勅を受けて制詔五首を作り、翰林学士となる。 弟行簡進士及第。 | 武元衡・李吉甫相となる。李錡反して斬らる。 | 大同 二 十五条憲法を頒つ。 |
| 八〇八 | 三 | 戊子 | 三七 | 制策考官となり、四月左拾遺となる。楊夫人と結婚す。新昌里に居る。 | 牛僧孺・李宗閔等策によって上げられしも、李吉甫用いず。裴垍相となる。李吉甫相をやむ。 | |
| 八〇九 | 四 | 乙丑 | 三八 | 女金鑾を生む。 元稹、監察御史となり、蜀に使いす。 | 呉少誠死す。宮人を出し進奉をやむ。王承宗を討つ。 | 嵯峨 |
| 八一〇 | 五 | 庚寅 | 三九 | 五月、京兆府戸曹参軍となる。 元稹、河南に使いし、後江陵士曹掾に貶せらる。 | 裴垍相をやむ。吐突承璀中尉をやむ。権徳輿相となる。 | |
| 八一一 | 六 | 辛卯 | 四〇 | 宜平里に居る。四月、母陳氏死し、喪に服して、下邽に退く。 | 李吉甫相となる。李絳相となる。裴垍死す。 | 弘仁 二 坂上田村麻呂死す。 |

| | | | | | | |
|---|---|---|---|---|---|---|
| 八一二 | 元和七 | 壬辰 | 四一 | 金鑾死す。眼を病む。 | 崔群を中書舎人とす。 | |
| 八一三 | 八 | 癸巳 | 四二 | | 武元衡相となる。 | |
| 八一四 | 九 | 甲午 | 四三 | 秋、藍田に遊び、冬、召されて左賛善大夫となる。昭国里に居る。 行簡、梓州へ行く。元稹、唐州従事に移る。 | 吐突承璀神策軍中尉となる。李吉甫死す。韋貫之相となる。 | 弘仁 五 新撰姓氏録成る。凌雲集成る。 |
| 八一五 | 一〇 | 乙未 | 四四 | 八月、江州刺史に任ぜられ、改めて江州司馬に貶せられ、潯陽に至る。十二月、詩集十五巻を自撰す。 元稹、唐州より召還され、再び出されて通州司馬となる。 劉禹錫、朗州より召還され、播州刺史となり、裴度のとりなしで改めて | 呉元済反す。武元衡殺さる。裴度相となる。王涯中書舎人となる。 | |

| | | | | | | |
|---|---|---|---|---|---|---|
| | | | | 連州の刺史となる。 | | |
| 八一六 | 元和一一 | 丙申 | 四五 | 娘阿羅を生む。 | 王承宗を討つ。李逢吉を相とす。 | 弘仁　七　空海金剛峯寺を創建。 |
| 八一七 | 一二 | 丁酉 | 四六 | 廬山に草堂を築く。<br>兄幼文を葬る。 | 崔群相となる。李逢吉相をやむ。呉元済を殺す。 | 弘仁　八　新羅人多く帰化す。 |
| 八一八 | 一三 | 戊戌 | 四七 | 十二月、忠州刺史となる。<br>行簡、梓州より至る。 | 李師道を討つ。 | 弘仁　九　朝会の礼常服を唐法によらしむ。文華秀麗集成る。 |
| 八一九 | 一四 | 己亥 | 四八 | 三月夷陵にて元稹に遇う。<br>元稹、虢州長吏に移り、後膳部員外郎となる。 | 韓愈貶せらる。李師道を斬る。裴度相をやむ。崔群相をやむ。 | |
| 八二〇 | 穆宗　一五 | 庚子 | 四九 | 夏、召還されて司門員外郎となり、十二月、主客郎中知制誥に転ず。<br>元稹、祠部郎中知制誥に転ず。 | 王承宗死す。蕭俛・段文昌・崔植相となる。 | 弘仁一一　弘仁格式を施行す。文筆眼心抄成る。 |
| 八二一 | 長慶　一 | 辛丑 | 五〇 | 春、新昌里に家を購う。四月、重ねて進士を試 | 李宗閔を貶す。 | 弘仁一二　藤原冬嗣左大臣とな |

| | | | | | | | |
|---|---|---|---|---|---|---|---|
| | | | | | む。中書舎人となる。元稹翰林学士に充てられ、ついで中書舎人となり、工部侍郎を授けらる。 | | る。冬嗣勧学院を創る。 |
| 八二二 | | 長慶 二 | 壬寅 | 五一 | 七月、杭州刺史となり、江州を経て十月に至る。元稹、同平章事なり、罷めて同州刺史となる。行簡、拾遺となる。敏中、進士及第。 | 王庭湊を討つ。宣明暦を行う。裴度・元稹相をやめ、李逢吉相となる。元宗簡死す。 | 弘仁一三 最澄死す。 |
| 八二三 | | 三 | 癸卯 | 五二 | 十月、越州に赴く元稹と会す。元稹、浙東観察使越州刺史となる。 | 牛僧孺相となる。韓愈吏部侍郎となる。崔玄亮湖州刺史となる。 | 淳和弘仁一四 空海に東寺を賜る。 |
| 八二四 | 敬宗 | 四 | 甲辰 | 五三 | 銭塘湖堤を修築す。三月、左庶子となり、五月、杭州を去り、汴河路にて、秋、洛陽に至り、履道里に居を得る。分司を求めて許さる。 | 韓愈死す。李程、竇易直相となる。裴度相となる。王起河南尹となる。 | |

| | | | | | | |
|---|---|---|---|---|---|---|
| | | | | 十二月、白氏長慶集五十巻成る。<br>劉禹錫、和州刺史となる。 | | |
| 八二五 | 宝暦　一 | 乙巳 | 五四 | 三月、蘇州刺史となり、汴河に沿いて五月に至る。<br>行簡、主客郎中。 | 牛僧孺相をやむ。呉丹・韋顗死す。 | |
| 八二六 | 文宗・宝暦　二 | 丙午 | 五五 | 春病む。秋、百日の休暇を請う。九月、任を解かれて蘇州を去り、揚州に遊び、劉禹錫と共に北上し、鄭州に過ぎる。<br>行簡死す。<br>劉禹錫、和州刺史やむ。 | 裴度相となる。李程・李逢吉相をやむ。韋処厚相となる。宦官帝を弑す。 | 天長　三　左大臣藤原冬嗣死す。 |
| 八二七 | 大和　一 | 丁未 | 五六 | 春、洛陽に至る。三月秘書監。新昌里に居る。十二月洛陽に使いす。<br>劉禹錫、主客郎中分司となる。 | 崔群兵部尚書となる。崔植戸部尚書となる。王播銀器綾絹を献じて相となる。楊汝士職方郎中となる。 | 天長　四　経国集を撰せしむ。大地震。 |

| | | | | | | |
|---|---|---|---|---|---|---|
| 八二八 | 大和 二 | 戊申 | 五七 | 元稹、検校礼部尚書。<br>二月、刑部侍郎となる。春暮長安に還る。冬、病みて百日の假を請う。<br>劉禹錫、尚書省に赴く。ついで集賢殿学士となる。 | 韋処厚死す。 | |
| 八二九 | 三 | 己酉 | 五八 | 春、太子賓客分司となり、四月、洛陽に至り、履道里に居る。冬阿崔を生む。元白唱和集十六巻を成す。<br>元稹、尚書左丞となる。劉禹錫、礼部郎中。 | 魏徳の乱軍平ぐ。李宗閔相となる。 | |
| 八三〇 | 四 | 庚戌 | 五九 | 十二月、河南尹となる。<br>元稹、戸部尚書を授けられ、鄂州刺史、御史大夫武昌軍節度使となる。 | 李宗閔・牛僧孺相となり、李徳裕の党を排す。崔群吏部尚書となる。 | |
| 八三一 | 五 | 辛亥 | 六〇 | 冬、劉禹錫と会す。 | 吐蕃の将が来降す。牛 | 天長 八 秘府 |

| | | | | | | |
|---|---|---|---|---|---|---|
| | | | | 阿崔死す。七月、元稹、武昌にて死す。劉禹錫、蘇州刺史となる。 | 僧孺、李徳裕の議を斥く。 | 略成る。 |
| 八三二 | 大和 六 | 壬子 | 六一 | 八月、香山寺を修築す。劉白唱和集三巻成る。 | 牛僧孺やめ、李徳裕兵部尚書となる。崔群死す。 | |
| 八三三 | 七 | 癸丑 | 六二 | 病を以って三月に河南尹をやめ、太子賓客分司となる。 | 李徳裕相となり、李宗閔罷む。進士の詩賦を停む。鄭注右神策判官となる。崔玄亮死す。楊虞卿常州刺史、楊汝士工部侍郎。 | 仁明天長一〇 令義解成る。 |
| 八三四 | 八 | 甲寅 | 六三 | 七月洛詩を編す。劉禹錫、汝州刺史となる。 | 幽州の軍乱る。李宗閔相となり、李徳裕罷む。また進士の詩賦を始む。王庭湊死す。裴度東都留守となる。 | 承和 一 藤原常嗣・小野篁などを遣唐使に任ず。 |
| 八三五 | 九 | 乙卯 | 六四 | 春、下邽に行く。夏、東林寺白氏文集六十巻を成す。九月、同州刺 | 仇士良神策中尉となる。李宗閔貶せらる。舒元輿・李訓相となる。楊虞 | 承和 二 空海死す。高岳親王入唐す。 |

| | | | | | | |
|---|---|---|---|---|---|---|
| | | | | 史に任ぜられたが、病を以って辞す。十月、太子少傅分司となる。阿羅、談弘謨に嫁す。劉禹錫、同州刺史となる。 | 卿死す。甘露の変起こる。鄭覃、李石相となる。李徳裕太子賓客分司、裴度中書令となる。 | |
| 八三六 | 開成 一 | 丙辰 | 六五 | 閏五月、聖善寺白氏文集六十五巻を成す。劉禹錫、太子賓客分司となる。 | 李顧言相となる。李紳河南尹となり、ついで宣武節度使となる。李珏河南尹となる。 | 承和 三 遣唐使藤原常嗣等漂着。 |
| 八三七 | 二 | 丁巳 | 六六 | 談氏の女引珠生まる。 | 李顧言相をやむ。裴度太原尹となる。牛僧孺東都留守。 | |
| 八三八 | 三 | 戊午 | 六七 | 酔吟先生伝を作る。 | 楊嗣復・李珏相となる。吐蕃衰う。 | 承和 五 遣唐使進発。元白詩筆渡来。 |
| 八三九 | 四 | 己未 | 六八 | 二月、蘇州南禅院白氏文集六十七巻を成す。十月、風疾にたおれ、歌妓を出す。劉禹錫、秘書監分 | 裴度死す。陳王成美太子となる。牛僧孺山南東道節度使となる。李宗閔太子賓客分司、李紳検校兵部尚書となる。 | 承和 六 遣唐使帰朝。藤原貞敏唐の琵琶曲を修めて帰る。 |

| | | | | | | |
|---|---|---|---|---|---|---|
| 八四〇 | 武宗　開成　五 | 庚申 | 六九 | 司となる。十一月、香山寺洛中集十巻を成す。歳暮、百日の假を請う。談氏の玉童生まる。 | 文宗死し、弟の瀍が陳王成美を殺して即位す。李徳裕相となる。 | 承和　七　灌仏を清涼殿にて始めて行う。 |
| 八四一 | 会昌　一 | 辛酉 | 七〇 | 春、假満ち少傅を辞し、俸を停めらる。劉禹錫、検校礼部尚書兼太子賓客。 | 武宗法籙を趙帰真に受く。李程東都留守となる。楊嗣復・李珏貶せらる。 | |
| 八四二 | 二 | 壬戌 | 七一 | 刑部尚書を以って致仕。白氏文集七十巻を成す。白敏中、翰林学士となる。七月、劉禹錫死す。 | 李紳相となる。回鶻入寇。牛僧孺東都留守となる。 | 承和　九　承和の変起こり、橘逸勢等捕らえらる。 |
| 八四三 | 三 | 癸亥 | 七二 | 談弘謨の死後、阿羅共に居る。 | 仇子良致仕。 | |
| 八四四 | 四 | 甲子 | 七三 | 竜門八節石灘を開く。 | 趙帰真道門教授先生となる。牛僧孺追放され、李宗閔流さる。 | 承和　一一　慧蕚蘇州において白氏文集を写す。 |
| 八四五 | 五 | 乙丑 | 七四 | 五月、白氏文集七十五巻を成す。七老会をつ | 天下の仏寺四万を越えるものを毀ち、僧尼二 | |

| | | | | | | |
|---|---|---|---|---|---|---|
| | | | | くり、九老図を画く。 | 十六万を還俗せしむ。道士劉元静崇元館学士となる。 | |
| 八四六 | 宣宗 会昌 六 | 丙寅 | 七五 | 八月、死す。十一月竜門に葬る。白敏中、相となる。 | 李徳裕勢力を失う。趙帰真等誅せらる。李紳死す。 | |
| 八四七 | 大中 一 | 丁卯 | | | 廃寺を復す。李徳裕貶せらる。 | 承和 一四 慧蕚円仁(慈覚)唐より帰る。 |

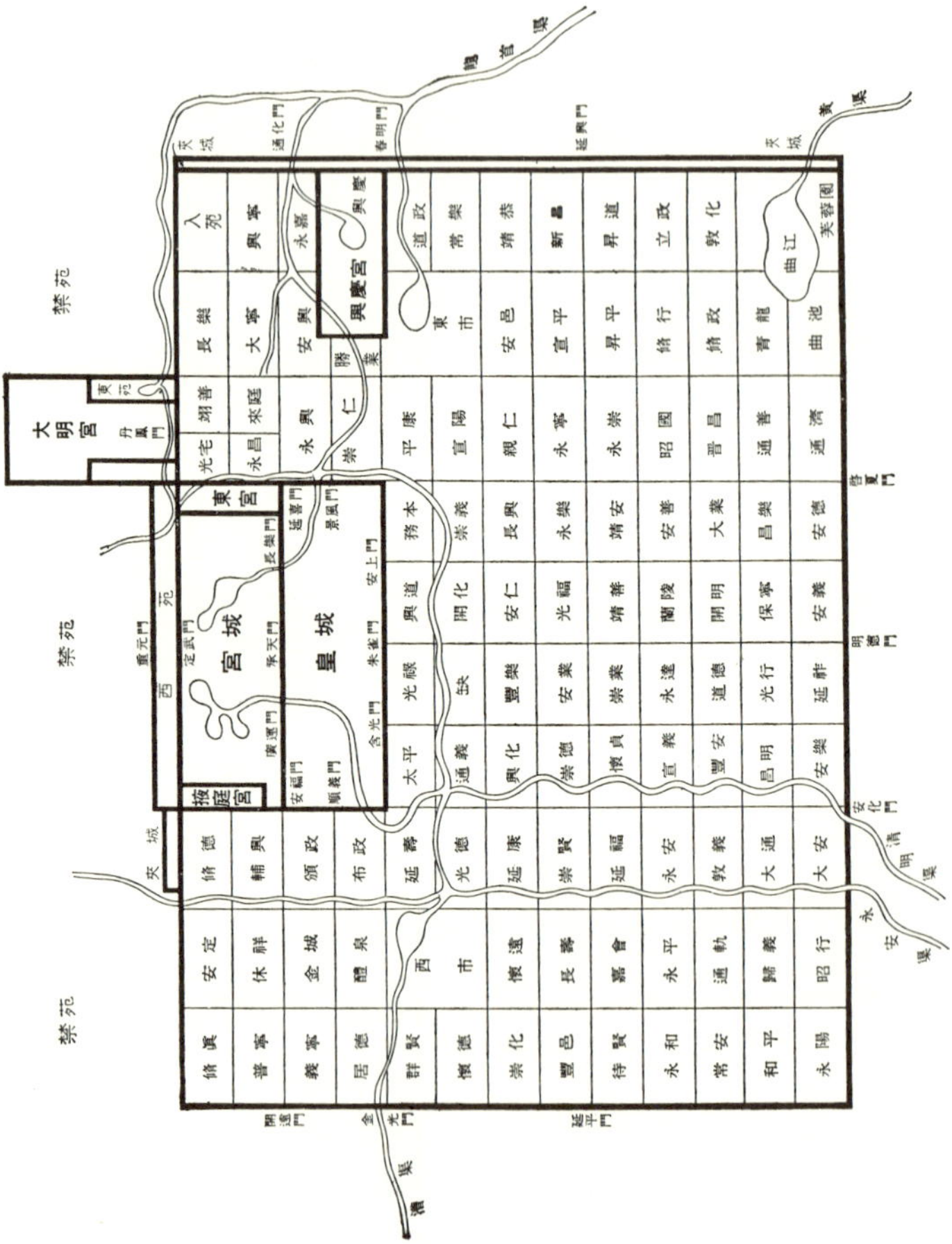


長安図

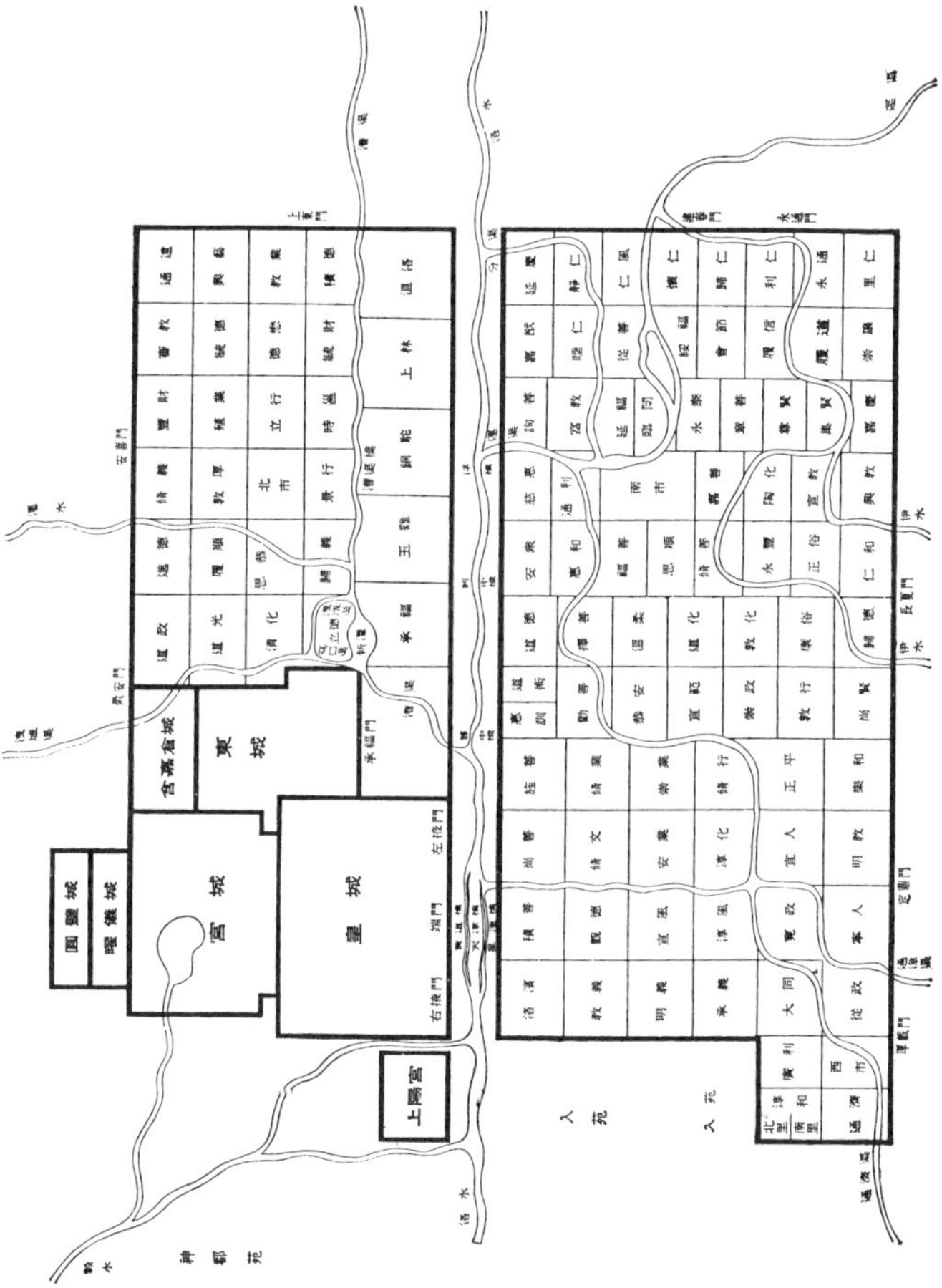


洛 陽 図

# 詩句索引

## ●あ 行



## ●か 行

## ●さ　行

白楽天《はくらくてん》■人と思想87　　定価はカバーに表示

1990年 8 月25日　第 1 刷発行©
2016年 5 月25日　新装版第 1 刷発行©

・著　者 ………………………………… 花房《はなぶさ》　英樹《えいじゅ》
・発行者 ………………………………… 渡部　哲治
・印刷所 ………………………… 広研印刷株式会社
・発行所 ……………………… 株式会社　清水書院

〒102-0072　東京都千代田区飯田橋3-11-6
Tel・03(5213)7151～7
振替口座・00130-3-5283
http://www.shimizushoin.co.jp

検印省略
落丁本・乱丁本はおとりかえします。



Century Books

Printed in Japan
ISBN978-4-389-42087-1